恋《こい》大蛇《おろち》

羽州《うしゅう》ぼろ鳶《とび》組 幕間

今村翔吾

祥伝社文庫

目次

第一話　流転蜂《るてんほう》

一

じめじめと湿《しめ》った船底に、男たちのえずく声が絶《た》え間《ま》なく響き渡る。船酔《ふなよ》いにより、かれこれ数日の間、ほとんどの者がずっとこの調子である。もう幾度も嘔《おう》吐《と》し、まともに飯も喉《のど》を通らないため、粘《ねば》り気《け》のある胃液を僅《わず》かに吐くのみだ。

仕方ないことであろう。生まれてから何度か船に乗ったことはあるが、己もこのような大きな揺れが間断なく続くのは経験したことがなかった。海の荒れた昨日などは、天地が逆《さか》さまになったと思うほどだった。

「よく平然と……して……いられるな……」

近くの男が途《と》切《ぎ》れ途切れに言った。

確か、船に乗り込んで間もなく、自ら久《きゅう》平《べい》と名乗っていた。あの時は皆が沈《ちん》痛《つう》な面持《おもも》ちであるのに対し、強がってか不敵《ふてき》に笑っていたが、今は見る影もない。その顔は青を通り越し、紙の如《ごと》く白くなっている。

「まあな」

静かに答えた。久々に発した声は僅《わず》かに掠《かす》れていた。船に乗り込んでからというもの、ほとんど口を開いてはいなかった。

「何かこつが……うっ」

久平は言い掛けたが、またえずいて口を手で押さえる。

別にこつなどはない。確かにこれまで船酔いをしたことはなかったが、この大揺れならば流石《さすが》に気分が悪くなるだろうと思っていた。反して全く平気なことに、己が驚いているくらいである。敢《あ》えて理由を挙げるとすれば、生業《なりわい》として修練や現場で躰《からだ》を揺さぶられ続けてきたからだろう。

その時、薄暗い中に一条の光が差した。船底の船牢《ふなろう》と甲板《かんぱん》を繋《つな》ぐ唯一の口が開いたのである。

「おい、外に出ろ」

役人が呼び掛ける。

このように一日に一度か二度、外の風を吸わせて貰《もら》える。裏を返せば、それ以外はこの湿気と、吐物《とぶつ》の鼻を衝《つ》くような臭い、鼠《ねずみ》、虱《しらみ》に囲まれたこの船底にいなければならないのだ。

「助かった……」

久平は立ち上がろうとするが、脚に力が入らないらしく、這《は》うような姿勢で出口へと近付く。

「しっかりしろ」

久平が梯子《はしご》を二度も踏み外したので、そっと背を支えてやった。

「うぅ……」

呻《うめ》き声を発しながら、久平は何とか外へ出る。己は梯子の踏桟《ふみさん》を一切見ずに上《のぼ》る。躰がしかと覚えており、一瞥《いちべつ》すらする必要が無いのだ。

外に出ると、爽《さわ》やかな潮風が頰《ほお》を撫《な》でた。

海猫《うみねこ》の声がした。幾ら空を気儘《きまま》に飛び回れる鳥とて休まなければならない。陸《おか》が近い証左《しょうさ》である。

その考えは当たった。なだらかな水平線の先から、ひょっこり顔を覗《のぞ》かせるように島が見えた。それは時を追うごとに大きくなり、やがて全貌《ぜんぼう》が明らかになった。島というより一見すると海に浮かんだ山。その裾《すそ》野に僅かに平地があるといった感じであろう。山は高く、頂《いただき》付近には、薄い雲が掛かっている。

「間《ま》もなく島に着く。支度《したく》をせよ」

御船手組《おふなてぐみ》の同心《どうしん》が告げる。

これから向かうあの島の名を、

――八丈島《はちじょうじま》。

と、いう。

伊豆七島《いずしちとう》の中では最大の島で、流罪《るざい》に処された者の配所としても有名であった。

同心の指示を受け、水夫《かこ》たちは慌《あわ》ただしく動き始める。一方、別に流人《るにん》には支度することなどない。己もまたそうである。ただ暫《しば》し、乗っていればよいだけ。

この段になっていよいよ観念したかのように大きな溜息《ためいき》を零《こぼ》す者、自らの所業《しょぎょう》を悔《く》い始めたのか項垂《うなだ》れる者、これからの暮らしを不安に思って小刻《こきざ》みに震える者、流人たちの反応は様々である。己はただ島を、それを取り囲む蒼《あお》を見つめ、胸一杯に息を吸い込んだ。

「あんた、名は？」

外の風に当たってましになったのであろう。些《いささ》か顔色もよくなった久平が小声で尋ねてきた。

「忘れた」

ぽつんと答えた声は、すぐに潮風に乗って消えていく。

「何だそりゃ。勿体《もったい》ぶるな」

「留《とめ》……吉《きち》」

本当の名を代官《だいかん》や、その配下は知っている。これから行く島の村々の名主《なぬし》も、流人たちを管理する役目を負《お》うために知らされることになる。

しかし、わざわざ他の島民に名を教えもしないし、またその必要もない。ただ「流人」として扱えばよいのだから、名などどうでもよい話なのだ。深く関わることは禁じられている流人どうしなら猶更《なおさら》である。

本名を名乗らなかったのは、別に隠したかった訳でもない。何となく、気紛《きまぐ》れである。

「留吉か。どこの産――」

「おい、何を話している！」

同心の一喝《いっかつ》により、久平はそそくさと離れていく。話をしたかった訳ではなく、むしろ煩《わずら》わしかったので、叱《しか》ってくれてほっと安堵《あんど》した。

役人、島民、そして同じ境遇の流人とも、己は出来る限り人に関わらず、この島で生きてゆくつもりである。いつか来ると信じるその日まで――。

昨日までの嵐が嘘《うそ》のような晴天。何処《どこ》から来て、何処へ行くというのか。白々《しらじら》とした雲がゆっくりと流れていくのを見つめながら、留吉は改めて、

——行って来る。

と、心中で呟《つぶや》いた。

二

伊豆七島は縹渺《ひょうびょう》たる大海原《おおうなばら》の中に、米粒《こめつぶ》を撒《ま》いた如く点々と連なっている。八丈島には西山《にしやま》と呼ばれる火山があるせいで、ごつごつとした岩肌に覆《おお》われている場所が多く、土も痩《や》せているため稲作はほとんど出来ず、水田は僅か七十町(約七十ヘクタール)ほどしかない。

畑でさえ四百町。その半分ほどで麦を育てているが、これでは島民四千人の半分の食しか満たせない。これは陸奥《むつ》、出羽《でわ》の寒村と比べても、かなり厳しい状況である。

では、米や麦以外はどうか。

そのような山だからといって、山菜が多く採《と》れる訳でもない。島の大きさの割に森が少なく、獲物《えもの》が少ないために獣《けもの》もほとんどいない。

周囲は海である。代わりに海の幸《さち》には恵まれているだろう。そう思いがちだがそれも違う。実際には恵まれているのかもしれないが、それを獲《と》る術《すべ》が無いのである。

小舟で近海に繰《く》り出して鰹《かつお》などを釣り上げるか、海に潜《もぐ》って栄螺《さざえ》、鮑《あわび》、その他の貝を集めるくらいしかないのだ。

何とか食っていかねばならないということで、八丈島では「黄八丈《きはちじょう》」と呼ばれる絹織物を作っている。黄色、樺《かば》色、黒色の三色を基調としており、それぞれ黄色は八丈刈安《かりやす》、樺色はまだみの樹皮、黒色は椎《しい》の木の樹皮を用《もち》いて染める。

黄八丈は独特の光沢を持ち、孫の代まで色褪《あ》せないなどと江戸でも人気がある。とはいえ、作れる量が少なく、しかも船で江戸に運ぶ手間賃も引かれるため、手元には大した銭が残る訳ではなかった。

一度、凶作が来れば、麦、稗《ひえ》、粟《あわ》さえも口に出来ず、薊《あざみ》や塩草《しおくさ》を食って凌《しの》いだ。

享保《きょうほう》八年（一七二三）、甘藷《かんしょ》が持ち込まれた。痩せた土地でも栽培が出来る芋《いも》である。しかし八丈島の厳しい土は、これをも弾《はじ》くという有様《ありさま》である。

つまり八丈島では、年がら年中、

——いつも食い物が足りない。

というのが現状である。

このような島に罪を犯《おか》した者が流される。流人たちは島の村ごとに分けて引き取られ、「村割《むらわり》流人」などと称されることもある。

この村割は、村名主、年寄《としより》が集まって、誰をどの村で引き取るのかを決める。決め方は籤《くじ》である。軽微な罪の累積によって来た者が当たれば安堵し、凶悪な罪を犯した流人を預かることになれば溜息を零す。どちらにせよ村にとって流人は厄介《やっかい》な存在でしかない。

しかし仕方がない。幕府が扶持米《ふちまい》と称して一年に一度、決して潤沢《じゅんたく》ではないものの米を支給している。流人を引き取るのも、事実上扶持米を貰う条件の一つであり、慢性的な食糧不足にある八丈島ではこれに従わざるを得ないのである。

船が八丈島に着くと、役人は諸々《もろもろ》の添証文《そえしょうもん》と共に、流人を地役人に引き渡す。この地役人は幕府の旗本《はたもと》、御家人ではなく、島の中で重きをなす家の者が務める。

地役人は村名主たちのところに流人を連れて行き、そこで村割を行なうのである。

「――中之郷村《なかのごうむら》へ」

八丈島は三根《みつね》村、大賀郷《おおかごう》村、末吉《すえよし》村、樫立《かしたて》村、中之郷村の五村によって成り立っている。籤の結果、留吉は八丈島南東の中之郷村に行くことが決まった。

村名主の名を、与兵衛《よへえ》と謂《い》った。他の村の名主と比べて最も若いように見える。歳は四十半ば、留吉より二十歳ほど年上であろう。

村名主どうしで雑談しているのが見えた。その口調や、笑うと目尻に皺《しわ》、口元にえくぼが出来るところなど、中でも温厚そうに見える。

だが、流人には厳しく接しなければならない。頬を引きしめ、留吉に向けて尋ねてきた。

「届物はあるか?」

島に流されるにあたって、物品を携《たずさ》えることが許される。もっともその量は決まっており、米二十俵、麦五俵、銭二十貫文か金二十両、あとは雨具、草履《ぞうり》などの日用品である。煙管《きせる》なども持ってくることは許されるが、雁首《がんくび》と吸口だけ。真ん中の羅宇《らう》は島で自ら作らねばならない。恐らく羅宇の中に物を詰めて持ち込むのを防ぐためだろう。これらを「届物」と称して持ち込めるのである。

「少しばかり」

留吉は目録《もくろく》を差し出した。

「これだけ……か？」

与兵衛は目を見開いた。

留吉の届物はそう多くはない米と僅かな日用品だけ。他には一切何もないのである。

「はい」

「縁者もいないのか」

わざわざそのようなことは訊《き》く必要はない。やはり与兵衛は人が善《よ》いのだろう。顔に憐憫《れんびん》の色を浮かべて尋ねた。

「確かに縁者はおりませんが、手を差し伸べてくれる方々はおりました」

嘘ではなかった。罪を犯して多大な迷惑を掛けたにも拘《かかわ》らず、上役は内密に米、麦、金を上限一杯まで渡そうとしてくれた。さらには煩雑《はんざつ》な手続きは必要なものの、年に二度ほど江戸から物を送ることも出来る。これに則《のっと》ってこっそりと米を送るとまで言ってくれたのだ。

「では、何故《なにゆえ》？」

「これが私なりの罪の償《つぐな》い方だと思い定めました」

留吉は静かに言った。

上役の申し出は涙が出るほど嬉《うれ》しかった。実際、涙も溢《あふ》れた。

だが丁重に断わったのである。己はここで果てるつもりはない。いつの日か帰るつもりである。そして必ず逢いたい人がいる。その人だけには、胸を張って己は罪を償ったと言いたいのである。

「しかし……」

与兵衛は口を濁《にご》した。

「解っています」

遠島は、本来無期の刑ではあるものの、決して帰れないというわけではなく、刑期には相場がある。百姓、商人などの庶民が凡《およ》そ五年なのに対し、武士はその六倍の三十年。反省の度が深く、加えて恩赦を得て稀《まれ》に数年で帰れる者もいるにはいるが、死ぬまで島から出られない者のほうが圧倒的に多いのである。

そして己は元々、武士である。与兵衛の態度の原因はそれであった。淡い期待は抱《いだ》かぬほうが良い。抱けば辛《つら》いだけ。そのような想いがひしひしと伝わって来た。

「たとえそうだとしても」

留吉は真っすぐ見据えて言い切った。

「珍しいクンヌだ……」

留吉が訝《いぶか》しそうにしているのに気づき、与兵衛は付け加えた。

「島では流人のことをそう呼ぶ」

語源は恐らく「国人」であろうがはきとしない。

確かに島の者にとって流人は厄介者ではある。ただそれは食い物を得られず、島の中で盗みを働いたり、乱暴狼藉《らんぼうろうぜき》を働く流人がいるからである。それさえなければ別段、村の者たちと付き合いは変わらない。ましてや蔑《さげす》んでいる訳ではない。むしろ己たちの知らぬ文化や技術の運び手として尊敬の念も抱いている。それがそのような呼称にもよく表われている。

「ご迷惑はお掛けしません」

留吉が言うと、与兵衛は安堵したように頷《うなず》く。そして再び目録に目を落として尋ねた。

「あと一品……これで真によかったのか？」

決められた届物の他にあと一品だけ、事前に見せて許しを得られれば持ち込める。前職に纏《まつ》わる物を持ち込む者も多い。百姓ならば鍬《くわ》や鋤《すき》、商人ならば算盤《そろばん》、大工ならば金槌《かなづち》や鉋《かんな》、漁師ならば網、坊主ならば法衣《ほうえ》といった具合である。

島で流人は決められた役務に就《つ》くことはない。代わりに食い物の保証もない。

――各々《おのおの》で生きよ。出来ぬならば死ね。

と、いうことである。自活せねばならないのだ。

かといって水田どころか、畑も少ない八丈島で、耕《たがや》す土地が宛《あて》がわれるはずもない。無理やり荒地を開墾《かいこん》して粟や稗などの雑穀《ざっこく》を育てようにも、すぐに収穫出来る訳ではないのでたちまち飢《う》えてしまう。

素手で漁に出て貝を獲ったり、最悪の場合は雑草を口にして飢えを凌がねばならない。だが手に職がある者は、それを島の人に売り込んで糧《かて》を得ることも出来る。そのために前職の道具を持ち込む場合が多いのである。もっとも前職の経験が島で生きるのに役立たぬ者は悲惨で、せめてと釣り具などを持ち込む者がほとんどであった。

留吉は武士であるが、当然両刀は持ち込めない。この場合もやはり釣り具などを持ち込むほうが良いのだが、目録には、

――羽織一領。

と、書かれている。

南の島とて冬はある。とはいえ、一品しか持ち込めないのに、これを選ぶ者は

これまで皆無《かいむ》であったという。羽織ならば島にもある。たとえば少しずつ獲った貝などと交換し、村で手に入れることも出来るのだ。

「何故でしょうね。己でも愚《おろ》かだと思います」

留吉は苦く頰を緩《ゆる》めた。

「今ならまだ間違いということにし、交換することも出来るかもしれないぞ」

与兵衛は優しかった。いや、従順に罪を償おうとしている己に、好意を覚えてくれているのかもしれない。

「いえ……これで結構です。何故《なぜ》か手放せず。ご厚情、痛み入ります」

留吉が深々と頭を下げたので、与兵衛もそれ以上は何も言わなかった。

こうして留吉は中之郷村へ割り当てられ、その日のうちには与兵衛に伴われて村へと向かった。

三

まず、棲《す》み処《か》である。

罪人が暮らすための家は村に用意されている訳ではない。前身が金持ちで、届物を目一杯持ってきているような流人は、村の空き家や、隠居所を借りることも出来る。これを特に「家持流人《いえもちるにん》」などと呼ぶ。

だが大部分の流人はそのような金は持ってきておらず、島のあちこちにある掘立《ほったて》小屋に等しい荒《あば》ら屋に住むことになる。これはかつて流人たちが建てたものらしい。修復を繰り返し、流人から流人へと住み継がれてきたという訳だ。これを家持流人と区別して「小屋流人」などと呼ぶこともあるという。

「この先の長楽寺《ちょうらくじ》の向こう。さらに進んだところに藍ケ江《あいがえ》という浜がある。そこに使われていない小屋がある」

と、与兵衛は親切に教えてくれたが、それは別に己に限ったことではない。流人たちに恨《うら》まれて何かされては困るし、島抜《しまぬ》けでも企《くわだ》てられたら村の責任となってしまう。手助けはしない代わりに、特に苛《いじ》める訳でもないというのが村の姿勢である。

「ありがとうございます。では五日後」

留吉はまた頭を下げた。

逃げていないことの証《あかし》として、五日ごとに村に来て、名主に届けを出さねばならないのである。

「うむ」

頷いて見送った与兵衛だが、ふいに背後から声を掛けて来た。

「何でしょうか」

留吉は振り返った。

「いや……その名で……留吉と呼べば良いのだな」

与兵衛は流人証文を見ているため、己の本名を知っている。必ず本名を名乗れと強要する村もあれば、そのあたりは別段問題がないならば変名を名乗っても良いとしている村もある。全ては村名主の裁量である。与兵衛は後者であるらしく「留吉」と名乗ることを許してくれた。だが仮にも武士だったのに真にそれでよいのかと躊躇《ためら》いが残っていたらしい。

「はい。与兵衛殿がお許し下さるならば」

「何故だ？」

「ここに来るまでの船でそのように名乗ってしまい、今更変えるのもばつが悪く。それに……」

留吉は少し間を置いて続けた。

「この島で厄介になっている間、想いが留まるような気がします。何しろ私の名は……」

「確かに」

己の本名を思い出し、対《つい》の語となることに気付いたのだろう。与兵衛は苦笑した。

「では」

「ああ。五日後に来るのだぞ」

「承知致しました」

留吉は応じると、与兵衛から聞いた藍ケ江を目指した。

四半刻（約三十分）ほどだろうか、さほど時を要さずにそれらしき場所へ着いた。その名の通り入り江となっているが、その湾のほとんどが岸壁であり、浜の部分は僅かである。これでは確かに舟無くして漁は捗《はかど》らないだろう。

「あれか」

江の東、岬の付け根部分に茅舎《ぼうしゃ》が見えた。

中之郷村はすでに流人を三人抱えている。北隣の末吉村の近くに二つ、西隣の樫立村の近くに一つ流人小屋があるが、それらは全て「先客」で埋まっている。この数年、中之郷村では三人以上を預かることがなかったため、藍ケ江の小屋は使われていない。故《ゆえ》に潮風で朽《く》ちて壁板の一部は剝《は》がれ、屋根板も取れたままになっている箇所がある。

「風通しのよいことで」

小屋に入った留吉は、天井から覗くはずのない陽光を見て苦笑した。これを修理するところから始めねばならない。八丈島には野分《のわき》もたびたびやってくるという。これまで立っていたのが不思議なほどだった。

「ぼろ小屋か」

独《ひと》り言《ごと》を零した留吉の脳裏《のうり》に、ふっと優男《やさおとこ》の顔が過《よぎ》った。

あの男が己の運命を変えた。恨んだのは一瞬のこと。すぐに感謝の念に変わった。あのまま罪を重ねていれば、流罪では済まなかっただろう。それに大切なことを思い出させてくれた。

感謝はしているが、礼を言う気にはなれなかった。それをするとあの気障《きざ》男に、己が負けを完全に認めた気になってしまう。矜持《きょうじ》といえば聞こえはいいが、いわば意地のようなものである。

「さて……やるか」

留吉は荷を置くと、小屋の外に出た。修理をするにも道具が必要である。買えばよいのか、それとも借りればよいのか。恐らく後者であろうが、それには銭がいるのか。だとすれば手持ちの僅かな銭で足りるのか。その前に今日の飯は。いや、まず水か。

子どもの頃に近隣の百姓の子たちと、木登りをしたり、団栗《どんぐり》を集めたり、秘密の隠れ家を作ったりしたことを思い出し、このような境遇にも拘らず、少しばかり心が躍《おど》った。

近くに小川が流れており、水はすぐに見つかった。どうやら島は水が不足しているという訳ではないらしい。中之郷村の集落にも確か井戸があったのを見ている。

次に食い物である。まずは草叢《くさむら》に入って食える野草を探した。

「大葉子《おおばこ》は結構あるな」

若い芽を摘み、懐《ふところ》に入れて集めていく。初めて幼い頃の境遇に感謝した。並の武士だったならば、百姓の子らと遊ぶことはなく、このような野草の知識も無かっただろう。

結構な量が集まったが、それでも腹が満ちるほどではない。やはり海に潜るしかない。しかし貝はともかく、魚は果たして獲れるのか。川魚ならば手摑《てづか》みで獲ったことはあるが、海となれば随分《ずいぶん》勝手が違うだろう。自らが食う分以上の魚、貝を獲り、村で麦に交換してもらう。これが留吉の立てた生き抜くための方策である。

「行くか」

留吉は諸肌《もろはだ》になりつつ呟いた。

護送の船の中で他の流人と極力関わらず、話さないようにしていた反動か。自然と独り言が多くなる。

浜から海に足を踏み入れる。まだ江戸では桜が花を咲かせる頃だろう。夏は先のはずだが、南国だけあってすでに水は冷たくない。これならばゆけると、留吉は陽光を映す海にざぶんと頭から潜った。


「くそっ。逃げやがって」

海から顔を出し、留吉は吐き捨てた。話し方がどだい武士っぽくないのは、子どもの頃の影響というより、長じてからも同じ武士と関わるより、町人と過ごしている時が長かったからであろう。

留吉は諦《あきら》めずに何度も、何度も潜る。貝は幾つか獲れたものの、魚は全く獲れない。というより、海の魚は手摑みで獲るのは無理なのかもしれない。確かにそのような話はとんと聞いたことがない。

「うん？」

浜でこちらを見ている男がいることに気付いた。かなり大柄な男である。それで、

――角五郎《かくごろう》、だったか。

と、察しがついた。

与兵衛が藍ケ江の小屋の場所を教えてくれた後、付け加えて語ってくれたのだ。藍ケ江の近くに、角五郎と謂う男が一人で住んでいる。その者は確か齢《よわい》五十二。身丈《みたけ》は六尺（約一八二センチメートル）の大男であると。

元は今の己と同じ流人である。島に来て七年で恩赦を得られた。だが角五郎は島に留まることを決めたという。

このこと自体は珍しいが、決して無い訳ではないという。流人の中には村人と変わらぬ暮らしを送り、水汲み女を雇う者もいる。そして水汲み女と懇《ねんご》ろな仲になり、そのまま夫婦になって残る者もいるらしい。島の者としても、時に外の血を入れたいという思いがあるのだろう。

ただ角五郎には妻も子もいない。それでもなお残ると決めたらしい。村の者たちも深く事情は訊かなかったが、角五郎は口数こそ少ないものの、その暮らしは真面目《まじめ》そのもので村に害を為《な》すようなことは何もない。漁の腕が滅法《めっぽう》よいとのことで、むしろ残ってくれて村の者たちも喜んでいるほどだという。

「もう流人じゃあないからいいいんだよな……」

海に漂いながら、留吉はまた零した。

流人たちには厳しい掟《おきて》が課せられている。留吉はそれを頭の中で反芻《はんすう》した。

一、流人どうし、無暗《むやみ》に話すべからず。

二、喧嘩《けんか》口論は厳禁。犯した者は訳を問わずに両成敗。

三、博奕《ばくち》をはじめ、囲碁将棋など賭け事は一切禁じる。

四、刃物を持ち歩くべからず。

五、流人三人以上での会合は禁止。必要な時は村名主の添え印を得ること。

六、流人は村名主の家、および村人の家にみだりに立ち入ってはならない。

七、流人が他の村に雇われる場合、また五日以上逗留する場合は、村名主の許しを得ること。

八、さらに長い逗留が必要な場合、十日ごとに村に帰って村名主に面会すること。
九、密《ひそ》かに水夫などに文《ふみ》を託した場合は重く罰す。
十、何事にも不審なことを見たり、聞いたりした場合、すぐに訴え出ること。訴え出た者はたとえ悪事の同類だとしても、その罪を免じる。
十一、漂流した船を見つけたとしても、勝手に立ち入ってはならない。
十二、島の産物をもって漂流者と交易した時は、双方の品物を没収する。

大まかにいってもこれだけあり、加えて細々《こまごま》とした慣習もあった。これらを流人は守りながら生きてゆかねばならないのである。

無用に話すなとはいうものの二人までの会話は許されており、ましてや角五郎は今や流人ではない。掟に触れないと確信し、留吉は浜に向けて叫んだ。

「角五郎さん、俺は——」

言い掛けた矢先、角五郎と思《おぼ》しき男は身を翻《ひるがえ》して去っていった。波の音に紛《まぎ》れて聞こえなかったのか。それとも聞こえていたが無視したのか。ともかく向こうから声を掛けぬあたり、積極的に人と関わるような性質《たち》ではないらしい。

「まあ、仕方ねえか」

こちらは流人。向こうも元流人で外れに住んでいるとはいえ、今は村の者なのだ。早くも人に頼りそうになった己を自嘲《じちょう》し、留吉は再び海の中に頭を入れた。

四

留吉が島に来て二十日が経った。未《いま》だに魚は獲れない。貝は僅かに獲れる。あとは岩礁《がんしょう》にいる小さな蟹《かに》を捕らえて食すほか、ほとんどが大葉子である。米は節約せねばならぬため、五日に一度、重湯《おもゆ》のような粥《かゆ》を作るのみ。また銭を使ったのも、それらを煮るための古びた鍋を買った一度きりであった。

小屋の修理までは手が回らず、折った木の枝を屋根に載せたり、壁の間に差し込んで仮に塞《ふさ》いでいるだけなので、風が強い日はあっという間に飛ばされた。

五日ごとに与兵衛の家に足を運ぶのも怠《おこた》ってはいない。これまでは与兵衛はただ、

「よし」

と確かめるだけであったが、この日は少しばかり違った。

「どうだい」

そう尋ねてきたのである。これまでも心配してくれているのは伝わっていたが、今日は表情にもありありと浮かんでいる。

「ご心配して頂き、ありがとうございます。大葉子を食って凌いでおります」

「米はうかうかしていたら、あっという間に尽きてしまうぞ。当てがないなら何か仕事を……」

名主とはいえ、己の暮らしも決して楽ではなく、いつ来るか判《わか》らない飢饉《ききん》にも備えねばならない。それなのに流人を心配する与兵衛はやはり優しい人であった。

「いえ、漁をしようと思います」

「武士が漁を?」

「想像なさっているのは旗本御家人など江戸の武士でしょう。田舎《いなか》の大名の武士ならば、田畑を耕したり、ちょっとした漁もします」

「留吉は確か……」

「いえ。国元にも海はあるのですが、私が生まれ育ったのは山と川の近くでして」

留吉は苦く白い歯を覗かせた。

「川漁と海漁では勝手が違うだろう?」

「そうなのです。川ならば上から川底へ向かって突いたり、浅瀬で仕掛け漁も出来ますが、海ならば潜らねばならず、水の中では腕の動きが遅くて。それに海は何か躰が浮くような気が……」

「そうなのか?」

考えたこともなかったというように与兵衛は首を捻《ひね》った。

「気のせいかもしれませんがね」

と、曖昧《あいまい》に返したものの、気のせいではない。この十年、留吉は己の躰と向き合い続けて来た。躰に起きるほんの些細《ささい》な違いも見逃さない自信がある。それに海に限らず、自然というものには、人の知恵の及ばぬ何かがあることを誰よりも知っている。

「角五郎とは会ったか?」

「お見かけはしました」

初日以降、小さな舟で海に漕《こ》ぎだしていくのも何度か見た。戻った時、角五郎は重そうな魚籠《びく》をいくつも下ろしている。漁の名人というのは本当らしい。

「角五郎も変わり者だからな」

与兵衛は顎《あご》に指を添えて苦笑した。

「私も、ということでしょうか」

「その通りだろう。普通ならば十日も経たずに助けを請う国人《クンヌ》がほとんどだ。まし てやこちらが手を差し伸べ、断わる国人は見たことがない」

与兵衛は呆《あき》れたように苦笑した。

「ご厚誼《こうぎ》を退ける形となり、申し訳ございません」

「いや、叱っているのではない。むしろ好ましく思っているのだ。角五郎もそうだった」

与兵衛が流人に優しいのは、角五郎という良い前例があるからかもしれない。

角五郎は今、食料を得るという点で村に大いに貢献しているのだ。

「何とかやってみます」

留吉はそう言って与兵衛の宅を後にした。

——どうするか。

この間、ずっと考えていることである。釣り竿《ざお》は木の枝で代用出来る。餌《えさ》となる虫もいる。だが糸も針も無いからどうしようも無い。やはり素潜りで獲るしかないだろうが、与兵衛にも話した通りかなり難しい。

「痩せたな」

諸肌になった自身の躰を触った。肉が落ち、日に焼けた肌に、深い筋が刻まれている。痩せるのも無理はない暮らしである。これ以上衰《おとろ》えて、動けなくなるのが怖い。まだ元気なうちに、今日明日には成果を上げたかった。

「よし」

留吉は海に潜った。これで何百、いや千は超えたかもしれない。確かに難しいが、己も確実に成長している。三日ほど前は魚に触れることまでは出来た。どんなことでも試行錯誤し、繰り返していれば上手《うま》くなるもの。その根気が大切だと知っている。

――焦るな。

音の無い海の中、己に言い聞かせた。ぎりぎりまで追ってはならない。己の懐に近付いて来たものを最小限の動きで摑む。これまでの失敗の中で学んだことである。

意識を消し去ってその時を待った。僅かな水の流れが肌をなぞってゆく。海面から射《さ》す光の暖かささえ感じることができた。

海に躰をゆだね、眼前に白い魚が泳いで来たところで頭を振った。手の力だけでは遅い。頭も同時に動かして勢いを増す。

「よし！」

留吉は海から顔を出すなり叫んだ。その掌《て》は、陽光を受けて鱗《うろこ》を輝かせる魚を摑んでいる。鰓《えら》に指を入れて逃がさないようにするのも忘れていない。

「よし、よし、よし」

決して大きな魚ではない。だが溢れる喜びが抑えきれず、自然と繰り返していた。己で生きていける。島を出るまで生き長らえる。その希《ねがい》が繋がった気がして堪《たま》らなく嬉しかった。

浜に上がると、角五郎が舟を出すところであった。角五郎は目を見開いてこちらを見ている。

「やらねえぞ」

いや、いらないだろう。角五郎はそのようなことをせずとも、幾らでも魚を獲ることが出来るのだ。

「驚いた」

「喋《しゃべ》った」

驚いたと言う角五郎より、よほど留吉のほうが驚いた。この間、幾度かすれ違ったことはあった。こちらが挨拶《あいさつ》しても軽く会釈《えしゃく》をするのみで、角五郎は一度も口を開かなかったのだ。

「角五郎さんだよな」

留吉は未だ少し暴れる魚を両手で押さえつけながら訊いた。

「ああ。お前は留吉だろう」

「知っていたのか」

「与兵衛さんから聞いた」

「なるほど。あそこに住んでいる。邪魔をするつもりはないから――」

「すでに邪魔だ」

留吉が言い終わるより早く、角五郎は短く言った。

「何？　どういうことだ？」

存在そのものが邪魔だということか。確かに流人ではあるが、角五郎も元流人ではないか。ここに来て初めて怒りの感情を覚えた。

「お前が海で暴れるせいで魚が逃げる」

この二十日の己の奮戦ぶりは、この男にとって暴れられている以外の何物でもなかったということか。

「これしか方法がないんだ。仕方ねえだろう」

「教えてやる」

角五郎はぶっきらぼうに言った。

「え……」

「教えてやると言っているんだ。一緒に舟に乗ればいい。網も竿も貸す」

「ありがてえ」

留吉は拳《こぶし》をぐっと握った。

「今から海に出るが行くか?」

「行く。魚、舟に載せていいか?」

角五郎が頷くのを確かめると、舟に獲ったばかりの魚を入れた。舟を海へと押し出し、角五郎、留吉の順で乗り込む。

「本当に……素手で獲ったのか?」

「ああ、恐ろしいほど苦労した」

「化物《ばけもの》か」

角五郎は短く白い髭《ひげ》の浮かんだ頬を苦く緩めた。

「難しいのか？」

「聞いたこともないし、考えたこともない」

「やっぱり」

今度は留吉が苦笑する番である。しかしこれしか道は無かったのだ。

「与兵衛さんへの届出は俺がしておく」

「お願いします」

留吉は改まった口調で言って頭を下げた。角五郎はちらりと見て頷くと、二本積み込んだ櫂《かい》の一本を渡す。空と海の蒼に挟まれた中、糸を引くような軌跡を残し、小舟は沖へと向かっていった。

五

留吉が島に来て三月《みつき》の月日が流れた。あれから角五郎が海に出る度《たび》、留吉は共に乗り込んでいる。角五郎は懇切丁寧に教えてくれる訳ではない。まずはやらせてみて、

「違う」

とか、

「遠くへ」

などと短く指示するのみ。それでも留吉には十分であった。己が以前にいた道にも、そのような職人気質《かたぎ》の者はいる。

角五郎は漁に出る度、四分の一ほどの魚をくれた。これをそのまま食うだけでなく、これも角五郎の見様見真似《みようみまね》で干物を作ったりする。さらに余った分を村で麦と交換して貰えるようにもなった。

小屋を直す道具も貸して貰えた。こちらは銭などを払っていない。角五郎は村で信頼が篤《あつ》く、そのもとにいるならばと好意で貸してくれたのだ。角五郎に「弟子入り」したことには、そのような予期せぬ効用もあった。

――やはりそうなったか。

と、与兵衛が一番喜んでいた。今まで角五郎は流人に手を貸したことはない。だが留吉ならばあり得るのではないかと、思うところがあったらしい。

こうして留吉の島での暮らしは一応の落ち着きを見せた。そして今日もまた、燦々《さんさん》とした陽が降り注ぐ中、角五郎と共に海へと繰り出したのである。

「えいやっ……と」

留吉はぱっと網を投げた。網は海面に広がって沈んでゆく。当初はこれも難しく、なかなか上手く出来なかった。とはいえ、素手で魚を摑むよりは随分容易《たやす》い。一月もした頃には角五郎も口を挟まなくなった。

「留吉」

「はいよ。まずかったか？」

網の投げ方が悪かったのかと思い尋ねた。

「いいや。お前は呑み込みが早い」

「そりゃどうも。じゃあ何だ？」

「訊いてもよいか」

「何なりと。恩人に隠し事はしねえよ」

「そんな話し方だが、お前武士だろう？」

角五郎もまた網を投げた。当然ではあるが、一切の片寄りなく広がりが美しい。

「そうだよ」

留吉は短く答えた。

「留吉と謂う名も……」

「変名ってことになる」

絶対いないとは言えないが、留吉という名は武士よりも町人らしい。

「そうか」

角五郎が相槌《あいづち》を打つ中、留吉は網を引き始めた。掛かった魚の手応えを感じる。

「何故、隠すか訊かないのかい？」

「色々あるのだろう」

「武士が嫌いとか」

「いや、別に武士はな」

角五郎の言い方が少し気に掛かった。武士はということは、他に何か嫌いなものがあるという風《ふう》に取れるのだ。

「逆に訊いても？」

網を引き上げる。やはり魚が掛かっている。数は三匹。己としては随分と上等な結果である。

「俺はしがない漁師だ」

「なるほど。上手いはずだ。江戸かい？」

角五郎の言葉の響きに、馴染《なじ》みがあった。

「ああ」

角五郎は深川《ふかがわ》で漁師をしていたという。その技は流人となってから、角五郎の身を、そして今は己を救ったことになる。

「流石だな」

留吉は振り返って頰を緩めた。

角五郎が引き上げた網には七匹も掛かっている。この境地に辿《たど》り着くにはあと十年は必要だろうなどと感じる。

「聞いたか?」

角五郎はふいに訊いた。これでも角五郎にすれば今日は饒舌《じょうぜつ》なほうである。一言も交わさない日もあるくらいなのだ。

「何だ」

流石にそれだけでは判らずに訊き返した。

「三根村のことだ」

「ああ……火事か」

島でちょっとした事件があった。三根村の年寄りの家が火事に遭《あ》ったのである。

──すわ流人の仕業《しわざ》か。

と、三根村では一時騒然となった。今島にいる流人は四十人。そのうち十人ほどは明日も知れぬ暮らしを送っており、やけっぱちになって火を放ったのではないかと疑われたのだ。

だが、これは失火であることが判った。年寄りの孫の火の不始末が原因であったという。孫は怒られるのが怖くて、なかなか言い出せなかったらしい。

この火事で隣家が一軒類焼した。火事の規模を聞くに、江戸ならば火元だけで抑えられそうではあるが、これでも島ではましなほうだという。

島には当然ながら火消《ひけし》はいない。火事の時には村人たちが協力して消し止めるのだが、消火のいろはさえ知らないため、小火《ぼや》でも数軒を焼く火事になってしまうことが間々あるらしい。

だが此度《こたび》は一軒の類焼で済んだ。理由は流人の中に、

──元火消。

がいたからである。

それを知っていた三根村の名主が力を貸してくれと懇願した。元火消はそれを

引き受け、他の流人、村人たちを差配して食い止めたというのだ。

「番付《ばんづけ》に載るほどの火消だったとか」

角五郎はぽつんと言った。

「何かそんなこと言っていたな」

「最近まで江戸にいたんだ。知っていたのか？」

「いいや」

聞いた名も覚えていない。江戸では火消は大人気である。相撲《すもう》の番付になぞらえて、器《うつわ》や力量を評する火消番付が毎年編《あ》まれるほどだった。その火消番付に載るほどの火消ならば一度は名を聞いていてもおかしくないはずだが、その名に覚えがなかったことだけは記憶している。

「火消組を作るとか」

「らしいな」

これまで八丈島には火消の流人はいなかった。今回、その元火消が活躍して火を食い止めたこともあり、その者を頭に火消組を作ろうと三根村の名主が言い出したらしい。与兵衛をはじめとする残りの四村の名主も賛同した。

これには八丈島ならではの他の理由もある。八丈島の西部に位置する西山は火山であった。これまでも幾度か大きく噴火しており、村々に甚大な被害を与えたことがある。

噴火と呼ぶほどではなくとも、ちょっと溶岩が流れ、近くの森を焼き、火の粉によって遠くまで飛び火するようなこともあるらしい。

ただでさえ貧しい八丈島の民にとって、そのような事態は泣きっ面《つら》に蜂《はち》とも言える。故に島で火消組を作れるならば、是非とも作りたいという思いがあるのだ。

さらにその元火消が、

――島の方々には世話になっているのです。流人たちで火消組を務めるのは如何《いかが》でしょう。

と、提案した。

掟では三人以上の流人がつるんではならない。だが島の者たちとしても、自らが火に立ち向かうのは恐ろしい。火事が起きた時、および修練の時のみという特例で、元火消の言葉に乗って、幕府に許しを得ようとしているらしい。

たまたま数日前に代官所の廻船が島を訪れていたので、それを打診したところ、反応は上々であったという。代官所としても、島の火事には頭を悩ませていたらしい。

そのような次第となったので、下準備として、流人たちに火消組に参加する意志があるかないかを訊いて回っているのだ。流人とはいえ強制ではなく、あくまで任意ではある。ただ火消組として活動すれば、村の者たちからの恩恵もあるのではないかと期待し、特に暮らしの厳しい流人は真っ先に参加を表明しているという。

「お前はどうするんだ？」

「それが本題か。回りくどいことだ」

留吉は苦笑した。角五郎が話し下手《べた》ということもあるが、どうも当人にとっては切り出しにくい話だったらしい。

「俺は断わった」

「そうか」

角五郎の声に安堵の色を感じた。それでぴんと来て、留吉は尋ねた。

「さっきの話……嫌いなのは武士じゃなく火消か？」

角五郎の肩がぴくりと動く。暫しの無言の後、角五郎は口を開いた。

「ああ。大嫌いだ」

「そうか」

留吉はそれ以上何も訊かなかった。火消が嫌いな訳の相場は決まっている。何となくではあるが、角五郎が流人になった原因もそのあたりにあるのではないか。

「安心してくれ。俺は漁を覚えるので精いっぱいさ」

留吉が言うと、角五郎は小さく頷いた。

「明日は鰹の釣り方を教えよう」

「遂に来たか。楽しみだ」

留吉はからりと笑い、ふと空を見上げた。今頃、あいつは何をしているのか。己が漁をしているなどとは夢にも思うまい。この空は繫がっている。そう思うだけで心が軽くなる。逢いたいが、逢えなくとも構わない。ただ幸せになって欲しい。そのようなことを考えながら、留吉は蒼天《そうてん》に向けて再び笑《え》みを飛ばした。

六

中之郷村には大御堂《おおみどう》と呼ばれるものがある。

後一条天皇《ごいちじょう》の御代《みよ》である万寿《まんじゅ》（一〇二四〜一〇二八）の頃、八丈島の五つの村はそれぞれ地蔵尊を賜《たまわ》った。中之郷村では御堂ケ沢《みどうがさわ》に安置したものの、火事に遭ったらしく、三百年ほど前に今の場所へと遷《うつ》された地蔵堂である。

本尊《ほんぞん》であるその地蔵尊は、青白の御影石《みかげいし》で作られている。村を疫病《えきびょう》や飢謹などの危難が襲った折には、顔の色を変じ、汗を流して村を守ってくれるという言い伝えを与兵衛が教えてくれた。

五日に一度の面会のため、与兵衛宅に行った帰り、その大御堂の近くで声が聞こえた。

留吉がふと覗いてみると、大御堂の脇に立つ大木の下で、男の子が一人頭上を見上げている。

「えい！」

と、掛け声と共に男の子が跳び上がった。大木の枝を摑もうとしているらしい。だが枝は指の遥《はる》か先で掠りもしない。着地の時に石を踏んだらしく、体勢を崩《くず》して前のめりに倒れてしまった。

「ぼうず、大丈夫か⁉」

思わず声を掛け、留吉は駆け寄った。男の子は立ち上がって膝《ひざ》に付いた砂を払う。

「うん」

男の子は振り返った。その目には微《かす》かに涙が溜まっているものの、必死に堪《こら》えている。

「偉いな」

留吉が褒《ほ》めると、思い出したように男の子は口を開いた。

「国人《クンヌ》の……」

「ああ、留吉だ。ぼうずの名は？」

「平太《へいた》」

「確か……与兵衛さんの子か？」

未だ顔は見たことがなかったが、与兵衛には娘と息子が一人ずついると聞いていた。確か息子は齢《よわい》十一で、そのような名であったと記憶している。

「そう」

平太はこくりと頷いた。

「やっぱり。どうした？」

「あれが」

平太が指差した木の上を、留吉は目を凝《こ》らして見つめた。

「ありゃあ、竹とんぼか？」

「おっ父《とう》に買って貰ったのに……」

八丈島には矢竹《やだけ》と女竹《めだけ》という二種類しかなく、どちらも細いのが特徴である。これでも竹とんぼを作ることは出来る。だが真竹《まだけ》のような太い竹のほうが、羽根の部分が大きくなって飛びやすいのである。外の者からそれを聞いた平太が与兵衛にねだって、江戸から取り寄せて貰った大切なものらしい。

「なるほど。こりゃあ登りにくいな」

大木だけあって幹《みき》も太く、全ての枝がかなり高いところから出ている。先ほど平太が摑もうとした枝が最も低いが、背の高い大人《おとな》でも摑むのはおろか、指先が触れるのがせいぜいであろう。

「竿で揺らしてみるよ」

平太は力なく言って歩み出そうとする。

「いや。いける」

「え？」

平太が振り返った時、留吉はすでに宙を舞っていた。木の幹を蹴り、さらに高く飛ぶ。狙った枝を片手で摑むと、すぐに残る一方の手も使い、ぐっと身を引き上げた。

「凄《すご》い……」

平太は吃驚《びっくり》して上を見上げる。留吉もまた手庇《てびさし》をしながら木の上を見た。

「ほとんど一番上じゃねえか。よく飛ぶ竹とんぼだな」

「うん！」

嬉しそうに平太が目を輝かせる。そのあまりに無邪気な姿に、留吉は思わずふっと口元を綻《ほころ》ばせた。

「見ていな」

ここまでくればあとは訳無い。留吉は手を、足を、時に肘《ひじ》を使い、枝から枝に身を移して上っていく。

「よし」

細い枝の間に引っ掛かっていた竹とんぼを取る。ふと視線を上げると、眼前には茫洋《ぼうよう》たる大海が広がっている。島の際《きわ》の色は薄く緑がかり、沖に向けてその蒼さは増してゆく。今日は一人で海に出ている角五郎の舟も小さく見えた。高いところから見る島の景色は、また美しかった。

「大丈夫？」

平太の声が聞こえ我に返る。

「ああ。取れたぞ！」

平太が与兵衛に買って貰った大切な竹とんぼである。下に投げるのは何処《どこ》か憚《はばか》られ、懐に捩《ね》じ込んで今度は木をするすると降《くだ》っていった。

「ほれ」

留吉が差し出すと、平太の顔がぱあと明るくなる。

「留吉さん！　ありがとう！」

「また高いところに引っ掛かっても無理はしちゃいけねえ。俺に言えばいいから」

「留吉さんは木登りが上手いんだね」

「平太くらいの年の頃、故郷《さと》で仲間たちとよく木登りしていたからな。じゃあな」

留吉が身を翻して立ち去ろうとした時、娘が一人、こちらに近付いて来るところだった。

「平太」

「姉ちゃん」

平太がそう呼んだことで、与兵衛の一人娘だと判った。確か名は里緒《りお》。齢《とし》は十六だと、与兵衛は話していた。

「探したじゃない。いつもどっかに行っちゃうんだから」

里緒は近くまで来ると呆《あき》れたように言った。

「ごめんなさい。大御堂の木の上まで飛ぶか試したかったから……」

なるほど。それならば、竹とんぼが木に引っ掛かった理由も納得出来る。

「こちらは国人の……」

里緒が己を見つめた時、留吉ははっと息を呑んだ。大きく円《つぶ》らな目、茶色がかった瞳、風に揺れるほどの長い睫毛《まつげ》、真っすぐ通った鼻筋。

――似ている。

のである。思い出す。江戸ではあまり見ない相貌《そうぼう》で、当人は酷《ひど》く気にしていたが、己がそれがいいと言うと、本当に嬉しそうに微笑《ほほえ》んだことも。

「あの……申し遅れました。留吉と申します。与兵衛殿には誠によくして頂いております」

過去の記憶から戻り、留吉は深々と頭を下げた。

「存じ上げております。一度、お見かけしました。与兵衛の娘、里緒と申します」

「姉ちゃん、留吉さんって凄いんだよ」

平太が割って入って、先ほどのことを熱っぽく語った。それを聞いている間、里緒は、

「まあ」

と感嘆《かんたん》したり、

「本当に」

と驚いてみせたりしていた。そして全てを聞き終えると、

「平太がお世話になりました」

そう己に向けて礼を述《の》べた。

「いえ、大したことでは」

「そのように堅苦しくされずとも。私たちは国人の方々を、悪く思っている訳ではありません」

「そう伺《うかが》っております」

「父も留吉さんは真面目で良い人だ。村の者と同じように接すればよいと常々《つねづね》申

しております」

「ありがたい話です」

「では、その話し方、もうやめましょう」

里緒はそう言って笑った。笑うと小さな八重歯《やえば》が覗く。それもまたよく似ていた。

「じゃあ、お言葉に甘えて」

これ以上は却《かえ》って失礼になると思い、留吉は苦笑して頷いた。

「木登りは何処で？」

里緒はひょいと首を傾《かし》げた。

「子どもの頃、故郷で仲間と一緒に木登りをしたんだって」

留吉が答えるより早く、平太が早口で語る。その様子を見て里緒はくすりと息を漏らした。

「すっかりお気に入りみたい」

「そりゃあ良かった」

「故郷は――」

話の流れで問い掛けようとして、里緒は途中で口を噤《つぐ》んだ。尋ねてはならぬということはない。ただ流人にとって過去は良いものばかりでないことを、村名主の娘として解っているのだろう。

「いや、構わねえ。ことは違って、雪が降るほど寒い場所さ」

「雪を見たことがあるの⁉」

意外なほど里緒が前のめりになったので、留吉は思わず仰《の》け反《ぞ》った。横の平太もまた目を輝かせている。

「あ、ああ……幾らでも。江戸でも年に何度かは降るし」

「そうなんだ。大きさは？　これくらい？」

里緒は人差し指と、親指の間で表わす。それが一文銭くらいの大きさなので、思わず留吉は噴き出してしまった。

「いいや、大きくてもその半分さ」

「融《と》けるんでしょ？」

今度訊いたのは、平太である。

「そりゃ雪だしな。地には積もるが、掌《てのひら》に落ちたらすぐに」

留吉の説明に、姉弟が一々《いちいち》感心し、また他愛《たわい》もない問いを投げかける。そのような時が暫し続いた。まだ冬を一度も越していないので知らなかったが、八丈島には雪が降らないのだという。故に興味津々《しんしん》という訳だ。

案外、このように話す流人はいないらしい。少なくとも里緒や、平太にとっては初めてらしく、様々な問いを投げかけられた。

江戸の人や食べ物、店、職人、芝居小屋や見世物小屋の話などである。気が付けば留吉を挟むようにして石段に座り、四半刻ほど話し込んでしまっていた。

「見てみたいなあ……」

里緒は両手を横に突いて空を見上げた。

この島に生まれた者の大半は、島の中だけで一生を終える。男ならばまだ地役人となり、役目で出府することがあるかもしれない。ただ女の里緒にとっては難しいと言わざるを得ない。

「あと、火消も沢山いるんだよね」

思い出したように平太が言った。

「まあな。二万ほどいるって話だ」

「凄い……」

絶句する里緒に、平太が訊いた。

「どれくらい？」

「島にいるのが四千人ほどらしいから、島の人が全員火消として、それの五つ分」

里緒は指を五本立てながら説明した。

「凄いね」

この短い間に、何度も繰り返した言葉をまた口にし、平太は感嘆の溜息を漏らした。

「江戸には火事が多いからな」

「武士でもないのに恰好《かっこう》いいね」

平太は言った。この島にいる武士は流人のみ。あとは御用船の役人だけ。故に武士に対しての憧《あこが》れが大きいのかもしれない。

「火消には武士もいるさ」

「え……」

平太は目を丸くする。

まず幕府直轄《ちょっかつ》で大旗本が担《にな》う定火消《じょうびけし》。次に諸藩の大名火消。自分の藩邸から八町（約八七二メートル）が守備範囲であることから八丁《はっちょう》火消などとも言われる。その大名火消の中でも、寺社や米蔵などの要地を守ることを任じられた所々《しょしょ》火消や、そして御城の守護を担当し、江戸のどこにでも駆け付ける方角火消《ほうがく》などがいることを、留吉は話してやった。

「留吉さん、詳しい」

里緒が舌を巻いたように言う。

「別に皆知っているさ。火消は人気だからな」

「番付火消でしょ！」

平太が声を大きくした。何故《なぜ》、それを知っているのかと訝《いぶか》しんだが、答えはすぐに出た。島で火消組を作ろうと提案した件《くだん》の流人が、元番付火消だと語っていたことを思い出したのだ。

「番付火消って百人もいないんだろう？」

平太は前のめりになって続けて尋ねた。

「まあな」

三役、前頭《まえがしら》を含めて五十人程度。十両まで記載されることもあるが、それでも百人程度である。確かに誰でも掲載されるようなものではなかった。

「二万人もいる中から選ばれるなんて、凄い人たちばかりなんだろうね……」

「碌《ろく》でもねえやつもいるさ」

思わず口を衝いて出た。蚊《か》の鳴くような声だったが聞き逃さず、平太が眉間《みけん》に小さな皺を寄せる。

「え？」

「いいや。何でもねえ」

留吉は首を横に振って訊いた。

「そろそろ帰ったほうがいいんじゃないかい？」

「いけない」

里緒ははっとして立ち上がる。与兵衛が平太を探していたのだ。今頃、里緒までいなくなったと気を揉《も》んでいるだろう。

「留吉さん、またね」

「おう」

平太は手を振り、里緒は会釈をして去っていった。

その日の夕刻、掘立小屋の修理の続きをしていた留吉の元に、与兵衛宅の下女が握り飯を届けに来た。何でも里緒が事情を話して、何か礼をと与兵衛に頼んでくれたらしい。

「美味《うま》い」

久々の御馳走《ごちそう》に舌鼓《したつづみ》を打ち、留吉はふっと頬を綻ばせた。

七

暮らしの基《もと》さえ出来れば、島で生きるのも悪くはない。あちこちに絶景が存在し、淡い黄金に輝く朝陽も、薄紅色に滲《にじ》む夕陽も、江戸より遥かに透き通って見える。時もゆっくりと流れているように感じる。苦役を味わわせるためというのは当然だが、このような緩やかな時の中で、己の罪に向き合わせるというのも、遠島という処罰がある理由なのかもしれない。

人には独りで生きる時も必要である。独りだからこそ、これまで己に関わってくれた人への有難《ありがた》さを思い出し、遠島の中で得た縁《えにし》を大切にしようと思える。少なくとも留吉は、そう感じながら日々を過ごしていた。

留吉が島に来て半年が経った。温暖な気候のせいか、秋の景色だけはややぼやけた印象を受ける。

「ありがとうございます。では」

この日も五日ごとの面会を終え、留吉が辞そうとした時、与兵衛が思い出したかのように呼び止めた。

「そうだ、留吉さん」

与兵衛はいつからか己のことをさんを付けて呼ぶようになっている。少しずつ島に馴染《なじ》み、信用されるようになった証《あかし》かもしれない。

「あの一品だが……」

「御覧になりましたか」

「浦賀《うらが》奉行所の与力は検《あらた》めたようだが、私は見ていないよ」

流人が持ち込む「一品」は着島当初は村名主に預けられる。後に流人から申し出て、その時に名主も検めて受け取る段取りを踏まねばならない。だが留吉は未だに受け取っていないのだ。

「もしよろしければ、与兵衛殿が預かっていて下さい」

「いいのかい？」

「うちはぼろ屋ですから。雨に濡らしたくないので」

「留吉さんがそう言うならいいが……必要な時には言うんだよ。すぐに渡すから」

「ありがとうございます」

留吉は頭を下げた。別に使うつもりはないのだ。置いていくには忍びなかった。それが最も大きな理由だろう。

その時である。どたどたと廊下を駆けてくる跫音《あしおと》が聞こえた。

「留吉さん！」

与兵衛の息子、平太である。

遅れてもう一人、

「こら、走らないの」

と、平太を窘《たしな》めながら追いかけて来たのは里緒であった。

「ご無沙汰《ぶさた》しています」

留吉が頭を下げると、与兵衛が、

「私の前だからといって、そんなに畏《かしこ》まらなくていい。いつも通りに接してやってくれ。そのほうが二人とも喜ぶ」

と、言葉を掛けてくれた。もともと好意を抱いてくれていた与兵衛だが、この半年の己の慇懃《いんぎん》さを見てか、さらにその気持ちを強めてくれているのは感じている。

「これから火消組の修練があるんだよ。一緒に見に行こうよ」

平太が嬉々《きき》として誘った。

例の火消組について、伊豆支配代官から幕府に伝わり内諾を得られたそうだ。四十人の流人のうち男は三十六人。そこから三十人が火消組に志願したらしい。また、各村から若衆を十人ほど出した。合計五十人。やはり流人がこれだけの数一所《ひとつところ》に集まるので、それより多い監視が必要というのが幕府の意向らしい。よって火消組は合計八十人で組織されることになった。

村の若衆はそれぞれ仕事がある。故に月に一度の修練は、村ごとに順送りで参加することになっており、今月は中之郷村の若衆の番であるらしい。

「留吉さんが困っているだろう」

与兵衛が平太に向けて言った。留吉は火消組への参加を断った六人のうちの一人。気まずさもあるのではないかと心配しているのが窺《うかが》えた。

「そうか……」

「見るだけなら」

「本当⁉」

別に一人で見てもよいのに、平太が目をきらきらと輝かせる。一緒に見たい。そう思ってくれていることが嬉しかった。

「いいのかい？」

「ええ。里緒さんもどうです？」

留吉は訊いた。里緒も興味はあるが、言い出せないように見えたのである。

「留吉さんがいれば安心だ。いってらっしゃい」

与兵衛が微笑みを浮かべると、里緒は満面の笑みで頷いた。

今の一言からしても、与兵衛は流人たちを信じ切っている訳ではないことが解る。それでも悔い改め、やり直そうとする者は応援したい。己には解らぬ島の者ならではの想いがあるのだろう。

三人が村の広場に向かった時、ちょうど修練が始まったところであった。中之郷村の者たちも興味があるらしく、ちょっとした人だかりが出来ていた。

島には水を飛ばすための竜吐水《りゅうどすい》はおろか玄蕃桶《げんばおけ》も無い。纏《まとい》も、大団扇《おおうちわ》も同様である。あるのは小さな手桶と、新造した長梯子《ながばしご》が三つ。あとは廻船に頼んで取り寄せた、壁などを打ち壊すのに用いる鳶口《とびぐち》が四本。刺子《さしこ》の火消半纏《はんてん》が六枚のみとのこと。これでは、江戸で最も貧相と言われている、

——ぼろ鳶《とび》組。

でも、もう少しましな装備である。

出来る修練といえば、手桶の遣い方、鳶口での家屋の潰し方、人に見立てて砂を詰めた俵《たわら》の運び方。あとは梯子の早上りくらいである。

最も華のある梯子上りが始まる。

練度はかなり低い。それでも平太は、時折手を叩《たた》いて歓声を送っていた。

「あれは」

己と同じ船で島に来て、酷い船酔いで息絶え絶えとなっていた久平である。その久平も火消組に入ったらしい。梯子上りの順を待っている。久平もこちらに気付いたようで、物頭《ものがしら》らしき者に一声掛け、歩み寄って来た。

「久しぶりだな」

「半年ぶりか」

「中之郷村に割り当てられたんだな。俺は大賀郷村だ」

大して興味は無かったが、留吉が適当に相槌を打つと、久平は続けて尋ねて来た。

「留吉は火消組に入らねえのか？」

「ああ」

「勿体ねえ。入れば麦一斗が貰えるんだぞ」

初耳であった。代官所から援助があり、そのように決まったらしい。

「へえ。でも別に食うには困っちゃいねえからな」

「立派なことで。俺はこれが無かったら危なかったぜ」

己と同時に来た流人の中には、一月もせぬうちに困窮《こんきゅう》し、冬をどう越せばよいのかと頭を抱えている者もいたという。久平もまたその一人であった。

「あの男が元火消か？」

先ほど久平が話していた男を、留吉はちょいと指した。

「ああ仗助《じょうすけ》さんな」

見たところ年は二十六、七といったところ。己と同じ年頃であろう。身丈は五尺五寸（約一六七センチメートル）ほどと、並よりもやや高い。水を広げて掛けるために桶を傾けろだの、梯子を上る時は視線を上にしろだの、それらしいことを指示している。元火消というのはあながち嘘ではないらしい。

番付火消だという触れ込みだが、こうして改めて名を聞いても耳覚えはなかった。勿論《もちろん》、見たこともない。

もっとも己のように変名を使っているということは有り得る。仗助を預かる村名主に訊けば判るかもしれないが、そこまでする必要も感じられず、

「なるほどな」

と、適当な相槌を打った。

「流石、江戸の火消。しかも番付火消は違うね」

久平は聞いてもいないのに感心している。

「お前は何処の出だ？」

「飛州久々野郷宮村《ひしゅうくぐのごうみやむら》だ」

「知らねえな。ただ飛騨《ひだ》には海はねえだろう」

「ああ、だから船に初めて乗った。あの時は助かっ……」

「おい！　久平、そろそろ番だぞ！」

久平が話している途中、件《くだん》の仗助が呼んだ。

「すまねえ。順が回ってきた。お前も気が向いたら来いよ」

久平はそう言い残して修練に戻る。久平の梯子上りは下手くそで、足を何度も滑らせている。足が蟹股《がにまた》になっており、まずそれを直す必要があるだろう。

ふと視線を梯子から外すと、仗助がこちらを見つめていた。留吉は会釈をしたが、仗助は返すことなく、再び火消組を叱咤《しった》し始めた。

「島に火消が出来るなんて夢みたい……これで火事が起きても安心ね」

里緒はそう言うが、火消組のほとんどはすでに息が上がっている。火消組として一人前になるのにはだいぶ時が掛かるだろう。それに仗助は名を馳《は》せた火消なのかもしれないが、教えることに関しては然程《さほど》上手くはないようにも感じる。それでもわざわざ水をさすようなことはしたくなく、

「そうかもな」

と、留吉は曖昧な調子で答えた。


「村の者たちは、随分火消に執心《しゅうしん》らしいな」

角五郎がそう言ったのは、留吉が火消組の修練を見た翌々日のことである。

「気になるのかい?」

釣り竿の先に目をやったまま留吉は尋ねた。

「元火消なんて信用ならねえ」

気にはなっていたが、訊くつもりはなかった。だが角五郎から触れてきたので、この機会に留吉は心を決めて踏み込んでみた。

「俺もそう思う。嫌なら答えなくていいが……何でそんなに火消が嫌いなんだ?」

「女房と子が……な」

「いたのか」

「火事で死んだ」

　留吉は思わず絶句した。

　もう二十余年も前の話だという。角五郎には病弱な妻と年端《としは》もいかぬ男児がいた。家族の住んでいた町で火事があった。漁に出ていた角五郎は慌てて陸《おか》に戻り、妻と子のもとへ駆け急いだ。火勢はそれほどでもなかったが、火元が乾草《ほしくさ》などを卸《おろ》していたということもあり、凄《すさ》まじい煙が噴き出していた。角五郎の家もその煙の中にあった。煙を多く吸えば昏倒《こんとう》するというのは、別に火消でなくとも江戸の者ならば皆知っている。しかも妻は胸を患《わずら》っている。煙に苦しんで動けなくなっているのではないか。そして母を見捨てて逃げられるような子ではない。

　鳶口を振るい隣家の壁を壊している町火消を捕まえて、

――あの家に女房と子どもがいるかもしれねえ。助け出してくれ！

　と、訴えた。

　しかし町火消はけんもほろろに断った。大店《おおだな》から蔵を守ってくれと頼まれているという。確かに類焼を防ぐためには、今のうちから周囲の家を壊して除かねばならないだろう。だがそれよりも今、生きるか死ぬかの瀬戸際にいるかもしれない者がいるのに、その火消は隣家を壊し続けた。

「後で判ったことだが、そいつはその大店からたんまり銭を貰う約束をしていたらしい」

角五郎は呻くように続けた。

その後、角五郎の家の焼け跡から炭のような骸《むくろ》が二つ見つかった。妻と子である。

火事場見廻《かじばみまわり》の検分に拠《よ》ると、焼け死んだのではなく、家が燃え崩れた時にはすでに意識は無かったのではないかという。やはり大量に煙を吸い込んで昏倒していたのだろう。そして息子は、幼いながらも母を引きずって助けようとし、その途中に倒れたのではないかという見立てだった。裏を返せば、まだあの時は生きており、助けられたかもしれなかったのだ。

角五郎はその町火消を見つけ、詰め寄った。言い訳を繰り返していた町火消だったが、角五郎が一向に引かないので、

——どちらにせよ死んでいた！

と、心無い一言を浴びせた。角五郎の中の何かが音を立てて切れた。気が付い

た時には一発、二発、三発と、町火消の顔を思いきりぶん殴《なぐ》っていたという。三発目で町火消はよろめいて仰向《あおむ》けに倒れた。そこに、よりによって石段があった。町火消は項《うなじ》のあたりを強《したた》かに打ち、そのままぐったりとして動かなくなってしまった。町火消はそれで死んだ。

逃げるつもりはさらさら無かった。角五郎はすぐに駆け付けた奉行所の者に捕らえられた。

詮議《せんぎ》の末、角五郎にも情状酌量《じょうじょうしゃくりょう》の余地があったが、しかし人を殺したことには違いない。死罪は免《まぬか》れたものの、八丈島への島流しに処されたという次第である。

「だから罪を償った後も……」

「生きていれば、お前と同じような年頃だ。もう、俺には戻る場所はない」

角五郎の目は、はっとするほど哀《かな》しげであった。何も掛ける言葉が見つからず、留吉が黙《もく》していると、角五郎は尋ねた。

「お前はあるのだろう?」

「ああ。でも……待っていてくれなくてもいいと思っている」

「そうだな」

きっと己の気持ちがよく解るのだろう。角五郎は波の音に溶かすように静かに言った。

八

冬がやってきた。流石に肌寒く感じる日はあるものの、江戸とは比べ物にならぬほど暖かい。昨年の江戸は特に寒かったからそう感じる。

「どうかしましたか?」

五日ごとの面会の時、与兵衛が浮かない顔をしているので留吉は訊いた。

「いや、山がね」

「なるほど」

少し前から、西山の頂から煙が上がるようになった。十日に一度ほどだが、一度上がれば数日は続く。先の大きな噴火は随分前のことで、見た者は誰一人としていない。だがそのような兆候があったと伝わっているらしい。

とはいえ、数年前にも同じようなことはあった。その時は結局噴火することはなかったが、僅かだが溶岩が零れ、森を焼いたらしい。その時は偶然にも激しい通り雨が来て大事には至らなかったが、もしそれがなかったらと思うと、ぞっとするという。

「でも、今は火消組がいるからね」

里緒もそうだったが、与兵衛も火消組に過度な期待を寄せているように見える。あれから鳶口は数本増えたらしいが、竜吐水のような大物は島に入ってきていない。そのような貧相な装備に加え、あの程度の練度の火消組で何処まで対応出来るかは不安ではある。

「お話はそれでしたか？」

今日は与兵衛から特別な話があると聞いていたのだ。

「いや、別の話だ。単刀直入《たんとうちょくにゅう》に言おう……里緒と一緒になる気はないかい」

「え……」

あまりに意外なことに、留吉は固まってしまった。与兵衛はさらに言葉を継ぐ。

「留吉さんも知っているように、島の者は国人を差別していない。やり直そうとする真面目な国人は尊敬すらしている」

「このことを里緒さんは……？」

「私が勝手に話している。ただ、里緒も留吉さんをよく思っているようだ。どうだい?」

四、五年で刑期が終わる町人ならまだしも、三十年は島にいなければならない武士にとっては願ってもない話。十人いれば十人が飛びつくに違いない。

与兵衛の顔を立てて一度は持ち帰ったほうがよいのかとも思ったが、己の心はもはや決まっているのだ。気を持たせるようなことをするほうが、与兵衛にも、里緒にも申し訳ない。そう思い至ると、留吉は重々しく口を開いた。

「私なぞにはあまりにも過分《かぶん》な話ですが、お受けすることは出来ません」

「そうか……誰か待つ人が?」

「約束をしました。向こうが心変わりすることは構いません。しかし……何十年掛かろうとも、私は守ると決めています」

留吉ははきと言い切った。与兵衛は細く息を吐いた。

「やはり留吉さんは違う。私の目に狂いはなかった」

「申し訳ございません」

「謝らないでいい。忘れてくれ」

与兵衛は残念そうではあったが、優しい言葉を掛けてくれた。罪を犯した己に対し、ここまでよくしてくれることが素直に嬉しく、申し訳なさで胸がはちきれそうであった。己はこの村に割り振られて本当によかった。留吉は下唇を嚙《か》みしめて深々と頭を下げた。

翌日は角五郎と共に海に出た。師走《しわす》（十二月）に入り、いよいよ年も終わろうとしている。冬の海は荒れやすいなどとはいうが、島の辺りは穏《おだ》やかなものである。最近は網ではなく、釣り漁に出ていた。今年は麦の実りが悪かったから、角五郎の獲る魚に頼る部分も大きいと聞いている。

「今日はちょっと冷えるな」

留吉は釣り竿を持つ手を擦《こす》った。首元には厚手の長い手拭いを巻いている。

「そうだな」

角五郎は愛想《あいそ》なく答えた。

「いつになったら止《や》むのかねえ」

今日は一段と西山からの噴煙が多い。釣り竿の先から視線を外し、留吉は茫《ぼう》と西山を眺めた。

「今日はあまり当たりも無い。そろそろ――」

角五郎が言い掛けたその時、留吉は声を上げた。

「角五郎さん！」

「あれは……」

角五郎も絶句する。西山の麓《ふもと》、赤い点が見える。山の噴煙と入り混じって判りにくいが、赤点そのものも煙を吐き出している。

「火事だ」

留吉は息を呑んだ。ただの火事ではない。山火事である。

小さいとはいえ森。住居の密集する江戸同様に炎の広がりが速いことは予想出来る。現にほんの僅かな間に、赤い部分が広がっているのだ。

「留吉」

「ああ」

二人で懸命に櫂を漕ぐ。今日はいつもの漁場では魚が釣れず、いつもよりもかなり沖に出てしまっている。その間も森の緑は侵食され、遂には焔《ほのお》の揺らぎが見えるほどとなっている。濛々《もうもう》とした煙は大きく南東へと傾いている。

「これはまずい……」

留吉の呟きに、角五郎が訊いた。

「何だ」

「凄まじい火の粉だ。かなり遠くまで飛び火する」

ただ一方、西山自体から噴き出す煙は減っている。恐らく噴火は無い。ただ森が火の粉を振り撒いているという状況である。

訝しそうな目でこちらを見るが、陸を目指すことが優先だと考えたか、角五郎はさらに櫂を漕ぐ手を強めた。

「ここまで来るか」

留吉は呻くように言った。火の手が上がった。しかも島の反対側。中之郷村の東の森である。今の風向きでは大賀郷、樫立、そして中之郷村に火の粉が降り注いでいる。だが村では火消組でなくとも、火の粉が落ちて小火《ぼや》になればすぐに消火をする。結果、最も遠いが人がいない森で火の手が上がったという訳だ。

浜に小舟を着けると、角五郎は言った。

「使っていない舟も含めてあと三つ。村の者が逃げてきたら乗せられる。すぐに用意を――」

話していた角五郎が、はっとして動きを止めた。己がじっと見つめていたから。きっと己は余程哀しい顔をしているだろう。

「なあ、角五郎さん」

これを言えば、恩人であり、師でもある角五郎との縁も終わる。しかし己は動かずにはいられない。そうなれば全てが露見《ろけん》する。ならばせめて、自らの口で詫《わ》びるべきだと思った。

「俺は——」

留吉の声を島の風が、波の音が攫《さら》う。

呆然《ぼうぜん》とする角五郎を残し、留吉は身を翻すと、村に向けて真っすぐ駆け出した。

九

中之郷村に近付くにつれ悲鳴が聞こえて来た。白い煙も立ち上っている。村の中にも飛び火したのだと判った。

村が見えて来た時、ちょうど火消組が駆け込んできたところであった。その数は凡そ三十人。火消組を西と東の二手に分けたのであろう。ただこれは、

——遅い。

と、言わざるを得ない。恐らくは飛び火の煙を見て気付き、そこから手を打ったのだろう。だが、それより先にこの強風で気付くべきだった。次に風向きを読み、初動から二手に分けねばならない。火事というのは時を追うごとに、消火の難しさが飛躍的に高くなる。森に火の手が上がった段階で、村に最も近い木々から伐採《ばっさい》せねばならない。今からでは間に合わず、風向きが変わった場合は中之郷村が炎に呑み込まれてしまう。

「水を掛けろ！」

火消組の中に、元火消という仗助の姿が見えた。

――全く、どうなっていやがる。

頭を務める仗助が、西を放り出して東に奔《はし》っている。何か考えがあるのか。いや、数を多く残せばそれで良いと思っているのだろう。

加えて仗助が水を掛けろと言っている家。これはすぐに火は消えない。それよりも隣の背の高い木を伐《き》り倒すことが優先であろう。そうでなくてはこの木を媒介《ばいかい》にし、また他の家に火が移ってしまう。

「久平！」

火消組の中に、久平を見つけた。水を汲んだ手桶をぶちまけるが、及び腰であるため全く届いていない。

「留吉……ここは任せて……」

「無理だ。先に木を伐り倒せ」

「でも、仗助さんが……」

「元火消か何か知らねえが、これじゃあ素人《しろうと》と同じだ！」

「何だと！」

仗助が肩をいからせながら歩いて来て、留吉の一寸先まで顔を近付けた。

「聞こえなかったのか」

「そっちが素人だろう。黙っていろ」

久平が間に身を揉むようにして二人の間に入る。

「や、止めてくれ！　留吉……仗助さんは歴《れっき》とした、ゑ組の町火消だ。『青蛙《あおがえる》』の異名で、安永《あんえい》二年（一七七三）の番付にも十両で一度載ったことがあるんだぞ」

「安永二年、一度の十両か」

留吉は吐き捨てた。前年の明和《めいわ》の大火により、多くの番付火消が散った。その年は安永に改元され、翌安永二年の番付には多くの「新顔」が載った。その中には新庄《しんじょう》藩火消のように八面六臂《はちめんろっぴ》の働きをした本物から、数合わせと言っては何だが、一度のちょっとした活躍を取り上げられ、さらなる奮起《ふんき》を促す意味を込めて載せられた者もいる。十両ということは、仗助は恐らく後者であろう。

「何だと……」

侮辱《ぶじょく》と取ったようで、仗助が凄んだその時、

「留吉さん！」

と、呼ぶ声で振り返った。与兵衛である。

「与兵衛殿、これでは火は止まらない」

「それは本当かい……」

「間違いない」

留吉は断言した。

「与兵衛殿、この男の口車に乗ってはいけない」

仗助が口を挟んで止めた。与兵衛はちらりと一瞥して言った。

「信じるよ」

「良かった。それならその男を何処かに――」

「私が信じるのは留吉さんだ」

与兵衛がそう言うと、えっと皆が声を詰まらせる。その中、留吉は細く息を吐いて静かに言った。

「頂けませんか」

「解った」

そう応じると、与兵衛は近くにいた下男に言い含めて自宅に走らせた。仗助はその間、火消組を叱咤するが、中には怯《おび》えて逃げ出す者までいる。

下男は葛籠《つづら》を両手で抱えてすぐに戻って来た。

「ありがとうございます」

留吉は葛籠を開けた。中には一枚の羽織が畳まれて収まっている。それを摑んで広げると、宙に舞わすようにして背負う。

「留吉……」

久平が口を開けて見つめる中、仗助が裏返った声で叫んだ。

「花緑青《はなろくしよう》の羽織……六郷亀甲《ろくごうきつこう》の家紋……あ、あんたは！」

仗助はわなわなと肩を震わせ、後ずさりをする。

「江戸三大纏師《まといし》……西の前頭九枚目『天蜂《てんほう》』鮎川転《あゆかわうたた》!!」

出羽《でわ》本荘《ほんじよう》二万石六郷《ろくごう》家。火消組頭取《とうどり》、鮎川氏利《うじとし》。通称、転。それが己の過去である。

安永四年如月《きさらぎ》（二月）、吉原《よしわら》で火付けを教唆した罪により遠島に処された。

「知っていたか」

留吉は、いや転は零した。確かに以前、仗助は訝しそうに己の顔を見ていた。何処かで見かけたことがあったのだろう。

「江戸で三指の……そんな……」

「黙っていて悪かったな」

転は久平の肩をぽんと叩いてどかすと、与兵衛に向けて言った。

「与兵衛殿、俺に指揮を」

「頼む」

与兵衛が頷くと、転は右往《うおう》左往《さおう》する火消組に向けて叫んだ。

「与兵衛殿から指揮を任された。この程度の火事なら、江戸で百度は消してきた！」

火消組の視線が一斉にこちらに集まる。

「何も心配はいらねえ。俺を信じろ」

転が努めて静かに続けると、皆の頷きが重なった。浮足立っていては絶対に火は消えない。まずは落ち着かせることが肝要《かんよう》である。

「先にこの木を伐り倒す。お前らは斧《おの》を取って来てやれ」

転は固まっていた三人を指差すと、すぐに駆け出していく。

「残りはこの家に水を掛け続けろ。ただし風下からじゃなく風上から。仗助、お前が率《ひき》いろ」

「お、俺が……」

「火消の端《はし》くれだろう!」

「は、はい!」

仗助はこくりと頷き、皆を取り纏《まと》めて手桶で水を掛け出した。すでに枝に火が移り始めている。斧が来るまで待っていては間に合わない。

「一番短い鳶口を」

これがそのような用途だとも知らなかったらしく、下っ端から渡されたのは指揮用の鳶口である。掌《て》に馴染《なじ》むようであった。

「よし」

転は気合を入れると、鋭《するど》く飛び上がった。枝をしかと摑み、躰《からだ》を揺らして引き上げた。鳶口を持っているので片手である。枝の付け根に順々に足を掛け、瞬《またた》く間《ま》に上っていく。

「すげえ……」

皆が感嘆の声を漏らす中、転は素早く鳶口で枝を切り、払い、落としていく。これで少しは時を稼《かせ》げるはずである。火消組の者たちが斧を持って戻って来るのが見え、転は枝を払いながら呼び掛けた。

「これを伐れ！」

「でも……」

「いいからやれ！」

有無を言わさぬ語調で命じると、儘《まま》よといったように斧を入れ始める。足の裏に衝撃が響いた。その間も枝を払い続ける。やがて木が呻くような音を立て始めた。

「倒れます！」

下から悲痛な声で呼び掛けられた。

「ああ、離れろ！」

断末魔《だんまつま》の如き軋《きし》みと共に、木が大きく傾いた。斜めに倒れる途中、転は幹を蹴り飛ばして舞った。そして膝を抱えるようにして宙で身を回すと、木が倒れ込んだとほぼ同時に着地した。転はすうと立ち上がると、消火に奔走《ほんそう》する皆に向けて呼び掛けた。

「これで類焼の心配はなくなった。気合を入れろ」

「お、応《おう》!」

火消たちの表情が一変した。これが番付上位の火消か、いや江戸三大纏師だからこそなどと、口々に話しながら躍動する。

——これでいける。

転は内心で呟いた。風向きは変わっていない。森での飛び火は東に延びるのみ。西の村は襲ってこない。東の果ては小岩戸ケ鼻《こいわどがはな》と呼ばれる岬。その先は海である。いずれ炎は行き場を失《な》くして止まる。

その時である。声が聞こえた。里緒である。

「おっ父《とう》!」

ふらつくようにこちらに向かって来る。

「里緒、何でここに。逃げろと言っただろう!」

与兵衛が抱きかかえるようにして受け止める。熱波を受けて里緒の額《ひたい》には汗が光り、その目からは滂沱《ぼうだ》の涙を流している。

「平太が……平太が戻っていないの！」

　里緒の悲鳴を上げるように叫んだ。

　今日、平太は村の子どもたちと共に薪《まき》を採りに行っていた。子どもたちが遊びがてら、このような仕事をするのは珍しいことではない。共に行っていた子どもを見かけたので、平太も他の大人に促されて先に逃げたと思っていた。だが避難した先に平太がいない。一緒だった子どもたちに訊くと、誰が一番薪を集められるか競争していた。その途中に森に煙が満ち始め、怖くなって逃げてきたという。そして、平太だけが戻っていないというのだ。

「そんな……」

　与兵衛は肩を震わせながら、頼りない足取りで森のほうへと向かおうとする。それを火消組の者たちが必死に止めた。

「与兵衛殿、駄目です」

「放っておいてくれ！　平太を救わなければ……」

「うぅ……」

　里緒は地にへたり込んで呻くように泣いている。

　転は平太がいるはずの方角を見た。焔は森のあちこちに飛び回り、緑を朱に染めようとしている。熱により森の上空の風は歪《ゆが》み、煙は天にも届くほど。人が生きられるはずがないのは明白であった。

「貸してくれ」

転は運ぶ途中の手桶を奪い、頭からざぶんと被《かぶ》った。

「与兵衛殿。多分、平太は小岩戸ケ鼻の先だ。帰りは戻れねえ。岬から海に飛び込む」

平太が森の中に取り残されていたならば、風向きを鑑《かんが》みるに必ずそこへ向かう。これは火消云々《うんぬん》ではなく、人としての性《さが》である。

「それは……」

絶句する与兵衛をよそに、転は里緒の元へ行き、片膝を突いてそっと肩に手を添えた。

「留吉さん……平太が……平太が……」

「俺が行く」

「そんな……無理に決まっている……私でも……解る……」

里緒は首を横にぶんぶんと振る。涙が転の手の甲に飛んだ。

「ただ頼めばいい」

転が静かに言うと、里緒は口をぎゅっと結んだ。そしてさらに目に涙を湛え、振り絞るように言った。

「お願い……平太を……助けて下さい！」

「断わらねえよ」

転はすくと立ち上がった。

「くそっ……あいつみたいになっちまったじゃねえか」

転は羽織の襟《えり》を直しながら舌打ちした。脳裏に浮かんだのは、憎らしいほどに女に優しいあの男である。

「待っていてくれ」

転はそう言うと同時、赤銅《しゃくどう》に染まる森へと向けて駆け出した。

今の言葉は里緒に向けてだけではない。面と向かって言えなかった時里《ときさと》に。きっと今日も待ってくれている、

――千春《ちはる》。

に。それが己だけに教えてくれた本名である。

不気味に口を広げる森へと飛び込んだ。木々は、草は、赤銅色に変じている。

頬を触る風は奥へと足を進めるごとに熱を帯び始めていく。

そして炎も見た。枝という枝、草という草に火は齧《かじ》り付き、貪欲《どんよく》に次の獲物を求める。燃え盛る二本の木の間を飛び抜けた直後、風に煽られた火焔が転の顔を襲った。

躰の行く先を導くために頭を振る。転は横っ飛びで躱《かわ》した。

逃げられるはずはない。完全に捉えたはず。人の中にこのような者がいるのかと、炎が瞠目《どうもく》しているかのように鈍い音を発する。

「てめらの宿敵だ」

転はまだ燃えていない枝を摑み、宙を滑りながら吐き捨てた。

葉を、枝を払い、駆け続ける。逃げ遅れた獣たちとすれ違う。この地獄の中に戻る馬鹿がいるのかといったように兎《うさぎ》が一瞥する。背を炎に嚙み付かれた鼬《いたち》が懸命に暴れ走る。

進めば進むほど、敵の数は増えていく。熱波は頰を焦《こ》がし、汗さえもすかさず飛ばす。初めて駆け抜ける道が無い。燃え盛る草叢《くさむら》の先、炎は無いことを瞬時に確かめると、転は地を蹴る足を強めた。火消羽織の袖《そで》で顔を覆い、頭から草叢に飛び込む。蜂《はち》が意地を刺すように。

「本荘藩火消を舐《な》めるな」

赤一色に包まれた景色の中、転の口から零れたのは、番付のことでもなく、異名のことでもなく、何故かその一言であった。

炎に侵食されていない、ぽっかりと空いた場所がある。そこに着地すると、転は再び真っすぐに走り抜ける。

まさしく灼熱地獄《しゃくねつじごく》である。流石の己でもここまで炎が跋扈《ばっこ》する場所に突貫するのは初めてのことであった。意識が朦朧《もうろう》とし始める中、転の胸には常に千春の笑顔があった。

左右の炎の一撃を避けながら突き進み、ようやく炎を追い越したのは、岬の突《とっ》端《たん》近くのことであった。煤《すす》で真っ黒になった手の甲で頬を拭うと、転は振り絞るように叫んだ。

「平太!!」

何度目かに呼んだ時、転の耳朶《じだ》に声が届いた。

「留吉さん！」

平太である。岬の突き出た端で立ち尽くしている。炎に追われて逃げてここに辿り着いた。逃げ道がないと悟り、飛び込むかどうか葛藤《かっとう》していたのだろう。恐怖に引き攣《つ》っていた顔を、くしゃくしゃにして涙を流した。

「よく頑張ったな」

転は平太を強く抱きしめた。平太の震えが胸板に伝わる。

「何でここに……」

「火消を止《や》められなかった」

「えっ……」

転は驚く平太の涙を指で拭うと、優しく語り掛けた。

「ここを降りるぞ。心配するな。絶対に助ける」

頷く平太の頭を撫で、岬の先を見た。峻峭《しゅんしょう》たる崖《がけ》である。だが己ならば、平太を背負って何とか降りられるだろう。だが問題はその先である。この辺りの流れは速い。果たして担いで泳ぎ切れるか。しかし他に道はない。意を決して平太を背負い、崖から足を伸ばしたその時。

「ああ……」

様々な感情が入り混じって声が漏れた。小舟が一艘《そう》、岬に向けて近付いて来ている。角五郎である。与兵衛から、岬から飛び込むつもりだと聞いたのだろう。別れ際、角五郎には己が火消であることを告げた。それでも猶、来てくれた。それが如何《いか》なる意味か、今の己ならば痛いほど解る。

崖の途中まで降り、ここと見たところで転は再び舟を見た。角五郎が大きく頷くのが見えた。

「留吉！　安心して飛び込め！」

もう想いは留めて動かない。そんな意味を込めた名だった。だが転がり続けるのも良いではないか。転んでは立ち上がり、また転ぶ。そしていつか、千春のもとまで無様《ぶざま》でも転がって行けば。そのようなことを考えながら、絶海とそれの対《つい》となる空を目指して転は飛んだ。

十

一月が経った。ようやく人々の暮らしも落ち着きを見せ始めている。

あの日、島を焼いた火事は三日三晩燃え続けた。ただ火元である西山の麓の火事は運よく川に当たり、それ以上燃え広がることはなかった。三日目の夕刻になって島特有の凪《なぎ》が訪れ、火の粉が舞うこともなくなった。

中之郷村近く、転が入った森は悉《ことごと》く焼けたが、最後は岬で行き止まりとなった。火事が起きて四日目から二日に亘《わた》って雨が降り続けたことで、これもやがて鎮《しず》まることになる。まるで島の神が、民を守ってくれているかのようである。

結果、大火傷《おおやけど》を負った者は出たが、死人はただの一人も出なかったのだから、そのように思えてしまう。

平太も無事であった。共に海に飛び込んで間もなく、角五郎によって舟に引き上げられた。平太はわんわんと泣きじゃくりながら、己の火消羽織の裾を摑んでいた。

連れて戻ると、与兵衛は平太を抱きしめてこれも泣いた。平太はごめんと、与兵衛はよかったと、共に繰り返すのが印象的であった。

里緒は何度も、何度も、己に感謝の言葉を述べて号泣した。転は背を摩《さす》って落ち着かせると、

「他も見て来る」

と言い、仗助らと共に他の村に向かった。徹夜で音《ね》を上げそうな火消組を叱咤し、転もまたほとんど眠らずに三日を駆け通したのである。

火消組の重要性はこれではっきり判り、今では修練にもさらに身が入っている。元火消の仗助はあんたが頭を務めてくれと頼んだが、

「いろはは教えるし、いざという時には俺も出る。だがお前がやればいいさ」

と、やんわりと断わった。しかし仗助はあれからというもの、ことあるごとに面会の申請を出しては、己に会いに来るようになっている。一転して慕《した》い出した仗助に苦笑しながらも、転は相談に乗ってやっている。

そして角五郎は――。

「やっぱり綺麗だな」

転は見事に広がった網を見て感嘆した。

「十年早い」

角五郎は無愛想《ぶあいそう》に言い放つが、その口元は微かに綻んでいた。角五郎との関係は何も変わらなかった。暫《しばら》くして落ち着いた時、浜から舟を出す角五郎が見えた。角五郎は大きく一度手招きをし、転は舟に乗り込んだ。それっきりで、あの日のことについては何も話していない。

「よし。五匹も入っている」

転は網を引き揚げて笑った。ふいに角五郎が呼んだ。

「なあ、留吉……いや転か」

「好きに呼んでくれ」

「火消にも色々いるんだな」

角五郎は背を向けながらぽつりと言った。

「助けに来てくれてありがとう」

転もまた振り返ることなく答える。些《いささ》か色が淡くなった波の音が、二人の声を包み込んでいった。

今日獲れた魚を中之郷村に運ぶと、御用船が来たと話題になっていた。島の窮状はすでに伝えられており、米と麦を追加で送ってくれると聞いている。これで冬を越すことが出来るだろう。

「転さん」

与兵衛が声を掛けて来た。あれ以降、もう隠すことはないと思ったのだろう。与兵衛に限らず、村のほとんどの者がその名で呼ぶようになっている。

「それは……」

与兵衛が言うには、御用船に幕府の使者が乗っていたらしい。代官の手の者ではなく、江戸に住む旗本だという。その者が己に会いたいと言っており、今しがた呼びに行こうとしていたところだったという。

「貴殿が元本荘藩火消頭取、鮎川転殿に相違ないか」

与兵衛宅の一室で二人きりになると使者という旗本は訊いた。

「はい」

「此度、身命《しんめい》を懸けて島を守ったと聞いた。大儀《たいぎ》である」

転は何も答えずに頭を下げた。

「このことは御赦免の吟味《ぎんみ》の折にも斟酌《しんしゃく》されるだろう」

「それは……」

首を横に振った。罪滅ぼしの意味はあったかもしれないが、別に刑期を短くするためにやったのではなかったからである。

「拙者《せっしゃ》は御老中《ごろうじゅう》、田沼意次《たぬまおきつぐ》様の意を受けて来た」

旗本は声を沈めた。その内容は衝撃の連続で、転は暫し呆然となってしまった。あの男たちはそのような大敵と戦っていたのか。己はその敵に利用されて与《くみ》していたことも知った。そして田沼はいずれその大敵が大きく動くと見ており、それに抗《あらが》おうとしている。決戦の時はそう遠くない。どれだけ遅くとも十年以内。いや、ここ五年以内ではないかと考えているらしい。

「その時、貴殿に……」

旗本はさらに声を潜めて命じた。いや、頼んだと言ったほうがよいだろう。

「承知致しました」

転が答えると、旗本は口を結んで力強く頷いた。

その日の夕刻、転は浜に座って沈みゆく夕陽を眺めていた。空も、海も、恋焦がれるかのように朱色に染まっている。千春は品川《しながわ》の知己《ちき》の宿で働いていると聞いている。千春もこの夕陽を眺めている。ふとそんな気がした。

「馬鹿だろう」

火消は皆そう。波音の間に千春の声が聞こえたような気がして、転は島を包む柔らかい茜《あかね》に顔を埋めながらそっと微笑んだ。

第二話　恋大蛇《こいおろち》

一

安永《あんえい》二年（一七七三）文月《ふみづき》（七月）二日、野条弾馬《のじょうだんま》は約二月ぶりに淀《よど》城に向かった。京から南へ二里半（約十キロメートル）ほどの道程だった。

この間、京では連続火付け事件が起きていた。人が勝手に燃え始めるという奇怪さであったから、町では人の仕業《しわざ》ではなく、妖怪「火車《かしゃ》」の祟《たた》りなどと言う者もいた。

だが弾馬は一度たりとも妖《あやかし》の類《たぐい》によるものなどとは思わなかった。確かに人の手を介《かい》さずに火が出るようなことは有り得《う》る。たとえば普段は全身に浴《あ》びている陽《ひ》の光も、硝子《ガラス》を通せば発火の原因になり得るのだ。だが連続して起こるということはまずあり得ない。何者かが、人ならざる者の仕業に見せかけようとしているのだと感じていた。

そして弾馬のその予想は的中した。下手人《げしゅにん》は火消《ひけし》ならば皆が知っている、火消道具作りの名工、平井利兵衛《ひらいりへえ》工房にかつていた嘉兵衛《かへえ》。ただの職人というだけでなく、先代で今は隠居して「滝翁《ろうおう》」と名乗る五代目利兵衛の養子で、六代目を継ぐと目《もく》されていた男であった。

　この嘉兵衛の動機には正直なところ同情も禁じ得なかった。が、だからといって決して許される訳ではない。捕縛された嘉兵衛が、

　――火炙《ひあぶ》り。

　に処されたのは昨日のことである。

　己《おのれ》たち京の火消だけではこの事件は解決出来なかっただろう。よしんば出来たとしても、かなりの時を要し、さらなる犠牲者を出していたに違いない。ここまで短期間で解決することが出来たのは、ある火消たちのお陰である。

「ぼろ鳶《とび》か……」

　弾馬の口から零《こぼ》れた。

　方角火消《ほうがくびけし》、出羽新庄藩《でわしんじょう》。新庄藩は三百諸侯の中でも一、二を争うほど財政が逼迫《ひっぱく》している。故に火消組の恰好《かっこう》もまたあまりにみすぼらしかったことから、江戸の庶民にもそのように呼ばれているらしい。

　当初は蔑《さげす》みの言葉であったという。だが、今は少し違う。薄汚れて継ぎはぎだらけの羽織《はおり》や半纏《はんてん》。何度も修理して使われている玄蕃桶《げんばおけ》、竜吐水《りゅうどすい》。確かに見栄《みば》えがよいものではないが、それでも人々の命を救うために奔走《ほんそう》し、泥臭くとも懸命

に炎と戦う姿に、今では愛着と尊敬を込めてそう呼ぶようになっているらしい。

実際、弾馬もこの目で見て同じように感じたたし、京に乗り込んできた頭取《とうどり》に強い親近感を抱いた。まず火事、火消に対する考え方が酷似《こくじ》している。そしてこれは何となくではあるが、己と同様、

——火消を辞《や》めようとした。

という経験を持っているような気がするのだ。

火消が挫折《ざせつ》する理由といえば相場が決まっている。助けるべき者を、助けられなかった時である。そのようなことを経《へ》て、なおも火消を続ける者は、概《がい》して一《いっ》層《そう》命を救うことへの熱意が強い。己も同じだからこそ、あの男にも同じような過去がある気がしたのである。

弾馬は遠くに見え始めた淀城を見つめながら呟《つぶや》いた。

「うちも大概《たいがい》やぞ」

新庄藩同様、淀藩の内情も苦しいのである。

十万石以上の大名は天守《てんしゅ》を持つことを許されている。淀藩は十万二千石。だが淀城には天守が無い。それだけならばまだしも、十万石以下の大名が有する本丸《ほんまる》御殿《ごてん》すら無いのだ。

小さな屋敷があるだけ。それを家中《かちゅう》では無理やり「御殿」と呼んで体裁《ていさい》を保っているが、一万石程度の大名のそれよりも小さいのだから、とてもではないが本丸御殿とは呼べない代物《しろもの》である。

元から淀城に天守が無かった訳ではない。二重の大入母屋屋根《おおいりもやゃね》、さらにその上に三重櫓《やぐら》が載った五重五階の望楼《ぼうろう》型天守があった。白漆喰総塗籠《しろしっくいそうぬりごめ》の壁で、それは大層見事であったらしい。

だが今から十七年前の宝暦《ほうれき》六年（一七五六）、天守に雷《かみなり》が落ちて炎上した。炎は瞬く間《またたくま》に広がり、周囲の建物まで焼き払う大惨事となった。

淀藩は幕府に申し入れて一万両の借財《しゃくざい》をした。だが備蓄《びちく》していた米も焼けてしまったことから、飢饉《ききん》などに備えるためにそちらの補充を優先。結果として金が余ることはなく、十七年経《た》った今も天守、本丸御殿は再建されていない。申し訳程度の屋敷が建てられただけである。幾つかの隅櫓《すみやぐら》は現存しているが、城下から見上げれば、不自然に真ん中がすっぽりと抜け落ちたように見え、どこか滑稽《こっけい》さがある。それ故《ゆえ》、弾馬も思わず呟いてしまったのだ。

淀藩の財政が苦しい理由は他にもあった。

朝廷のある京の近くに大名を配さないというのが幕府の方針であるが、淀藩稲《いな》

葉《ば》家は山城国《やましろのくに》唯一の大名である。稲葉家が幕府より深い信頼を寄せられている証《あかし》であり、

――栄誉なこと。

と殿様から、足軽に至るまで思っている。

だが、幕府はそんな稲葉家も信頼し切っているという訳ではない。稲葉家は十万二千石のうち、山城にある領地は二万石にも満たない。他は摂津《せっつ》、河内《かわち》、近江《おうみ》、下総《しもうさ》、越後《えちご》などの飛び地である。そのためそれぞれの領地に代官《だいかん》を置かねばならず、他の大名家よりも遥《はる》かに費《つい》えが掛かる。

年貢《ねんぐ》の徴収一つをとっても山城まで運搬する手間と費用が掛かってしまうのだ。このため実際の実入《みい》りで見ると半分の五万石ほど。それなのに十万石に見合った家臣団を抱え、儀礼を行なわねばならないのだから、その貧しさは新庄藩に勝《まさ》るとも劣《おと》らないだろう。雪害が皆無《かいむ》で、飢饉も起こりにくいだけましというところか。ともかくそのような事情もあって、天守の再建などとてもではないが儘《まま》ならないのだ。

飛び地を多く抱える弊害《へいがい》は他にもある。飛び地にいる家臣たちは、そこで生まれ、そこで死んでゆく者が大半である。ほとんど別の家中といっても過言《かごん》ではな

い。中には優秀な者がおり、淀藩の中枢《ちゅうすう》に取り立てられる者もいるが、それぞれが自身の「国元」のことを最優先に考える。故にそれぞれの飛び地ごとに派閥《はばつ》が形成されて度々《たびたび》諍い《いさか》を起こしている。

中心の山城国出身者としても二万石足らずなのだから、他の派閥を決して無視はできない。まるで淀藩は小大名の寄合い所帯のような様相を呈《てい》しており、とてもではないが一枚岩とはいえないのだ。

天災による天守の喪失、幕府からの多額の借財、飛び地の多さによる財政の逼迫、同じく飛び地の弊害としての藩内の不一致。歴代の稲葉家当主は、これをどうにかすべく知恵を絞《しぼ》ったが、結局は解決に至らなかった。

五代目藩主である正益《まさよし》が他界《たかい》したのは、今より二年前の長月《ながつき》（九月）のこと。後を継いだのは、二十五歳の正弘《まさひろ》。子どもの頃より病弱であったため、家中の誰もが期待をしていなかった。だが正弘は当主になるや否《いな》や、淀藩の改革に着手したのである。いの一番に手を付けたのが、

――淀藩火消の再編。

であった。

京には常火消《じょうびけし》というものが存在する。これは京の近くに領地を持つ四家が、二家ずつ月毎《ごと》に京の防火、消火を担当するのだ。淀藩はこのうちの一家であり、これもまた財政を圧迫する要因の一つになっていた。正弘はこれを逆手《さかて》に取ろうとした。

——本領、飛び地に拘《かかわ》らず、領内の子弟で志《こころざし》ある者は火消に取り立てる。

との触《ふ》れを発したのだ。

淀藩の財政はどうにかせねばならない。だがその前に家中が一つに纏《まと》まらねばならない。纏まらねば全てが始まらず、纏まれば何事も乗り越えて行ける。それが正弘の考えであり、そのために火消を淀藩結束の象徴にしようとしたのだ。

普通に暮らしていては部屋住みで一生を終える次男三男の中から、志願する者が続出した。だがこれまでのことを鑑《かんが》みると、火消組の頭《かしら》を何処《どこ》の誰にするかというところで紛糾《ふんきゅう》するのは明白であった。正弘はこれにも腹案《ふくあん》を持っていた。

——新規に召《め》し抱える火消に長《た》けた者を頭にする。

と、いうものである。これならば何処の派閥も表立っては文句が言えない。あとはその頭を誰にするか。白羽の矢が立ったのは、己だった。

淀藩から弾馬の元に、火消として召し抱えたいとの書状が届いた。だが弾馬は乗り気ではなかった。当時、弾馬は三条河原町《さんじょうかわらまち》随一の大旅籠《おおはたご》「緒方屋《おがたや》」の店火消《たなびけし》であった。緒方屋には一言では言い尽くせぬ深い恩義がある。話を聞きつけた緒方屋の主人の佐平次《さへいじ》は、

「野条様のお力で京の皆様を救って下さい」

と、真っすぐな目を向けて言ってくれた。

それでも迷っていた弾馬が掛け茶屋で酒を呷《あお》っていたある日、ふらりと若い男が現われて横に座った。何とその男は、自分が稲葉家当主の正弘だと名乗ったのである。その上で正弘はふわりとした調子で、

「淀藩の火消組頭取になってくれぬか」

と、切り出したのだ。

弾馬は嘘《うそ》だと思った。十万石の殿様が一人でこのような掛け茶屋に現われ、しかも一介《いっかい》の店火消でしかない己を召し抱えようとするはずはない。噴き出しながら笑い飛ばすと、正弘は困ったような顔になり、

「確かに。では、城まで来るか?」

と、苦笑して淀の方角を向く。弾馬は喉《のど》を鳴らした。

「あんたがほんまに稲葉の殿様やっていうなら、稲葉は正気やないな」

弾馬は呆《あき》れたように見つめた。

「正気では国を立て直せぬ。そのためならばいかなる誹《そし》りも受けよう」

正弘は真顔で言い放つ。これで弾馬は本当に稲葉の殿様なのだと確信した。理由はない。敢《あ》えて言うならば、正弘の言葉に断固《だんこ》たる決意が籠《こ》もっているように感じたのだ。

「祖父《じい》さんはやってもない罪をかぶって浪人となった。家の再興を願った親父も四年前に死んだ。物心のついた頃から浪人の俺や。仕官《しかん》なんて堅苦しいのは真《ま》っ平《ぴら》ごめんですわ」

弾馬は盃《さかずき》を舐《な》めながら答えた。満たされた酒に己の顔が映っている。喜んでいるという顔ではない。ましてや怒っている訳でも、哀《かな》しんでいる顔でもない。この表情を何と評すればよいのか。自身でさえ解らなかった。

「ならば堅苦しくせんでやろう」

正弘が眉《まゆ》を開く。弾馬はそれを一瞥《いちべつ》して言った。

「決まった時刻にお勤《つと》めなんか寒気がする」

大袈裟《おおげさ》に手を横に振った。そうせねば思わず頷《うなず》いてしまいそうだったから。

「よし。お主《ぬし》の好きにせよ」

「いつも酒を呑《の》んでへんかったら、俺は調子が出えへん」

弾馬は盃を一気に呷った。これは嘘ではない。火事場で少女を救えなかったということがあって以来、火事場に臨《のぞ》むことに恐怖を覚え、躰《からだ》が無意識に震えるようになった。父のような酒呑みにはなるまいと思ったのに、今では酒がなければ炎に挑めぬようになってしまっている。

「わかった。昼間からでも呑むことを許す」

――ほんまに正気か。

と、思った。が、正弘は真剣な面持《おもも》ち。もしかすると己の今の状態のことも、事前に調べているのかもしれない。

「弱い者《もん》を虐《しいた》げるやつがおれば、喧嘩《けんか》してしまうかもしれへんで？」

弾馬は唸《うな》るように言った。もう正弘に突きつける難題が尽きかけている。

「真《ま》っ当《とう》な訳があるならば、当家も合力《ごうりき》してやる」

「あんた……どっかおかしいんやないか？」

本気でそう思い、頰《ほお》が引き攣《つ》った。

「そのかわり当家の火消を頼む。貧しいが……京を、帝《みかど》を、そこに生きる者を守っている。その矜持《きょうじ》を支えに当家を立て直したい。やはり正気ではないかな？」

正弘はこめかみを掻《か》きながらはにかんだ。その笑みが眩《まぶ》しく、弾馬は暫《しば》し茫然《ぼうぜん》となってしまった。弾馬は何も語らずに盃を渡し、とくとくと酒を注《つ》いだ。正弘は一気に呑み干す。よい呑みっぷりである。そして空の盃をこちらに返して酒を注ぐ。まるで想いそのものを注ぐかのように。

「お流れ頂戴《ちょうだい》致す」

言うと同時、弾馬は天を仰《あお》ぐようにして一気に酒を流し込んだ。盃を勢いよく置くと、乾いた音が立った。

「山州《さんしゅう》浪人、野条弾馬。稲葉の親分のもとで草鞋《わらじ》を脱がせて頂きます」

「ふふ、なんて言いざまだ」

戯《おど》けるように言うと、正弘は口元を綻《ほころ》ばせた。

「店火消言うても、京ではやくざ者で通っています。これくらいで丁度《ちょうど》よいかと」

「そうかもしれぬな……弾馬、頼むぞ」

こうして弾馬は淀藩火消の頭取となった。この時にそれまでの火消は殆《ほとん》どが別の役目に移った。正弘は配置換えだと言っていたが、恐らくは何処の馬の骨とも判《わか》らぬ己の下で働くのを嫌がったのだろう。結果、新たに集められたのは火消の

経験の無い者がほとんど。当初、これを鍛《きた》えるのには苦労したが、一年もした頃には、他の三家の常火消が、

——これがあの淀藩火消か。

と、絶句《ぜっく》するほどに成長させた。

二

そして弾馬が淀藩に仕官して一年半の月日が流れた安永二年皐月《さつき》（五月）、火車事件が起こった。京都西町奉行《きょうとにしまちぶぎょう》の長谷川平蔵《はせがわへいぞう》は、これを火付けと見て探索を開始。常火消の淀藩にも、警戒を強めて欲しい旨《むね》の通達があった。

二月前のこの時、主君稲葉正弘は病床にあった。生まれつき虚弱で、躰のことを鑑みて、後継ぎからも外したほうがよいのではないかとも言われていたほど。それが父の急死を受けて家督《かとく》を相続し、しかも昼夜を問わずに公務に励《はげ》んだ。その歪《ひずみ》が出たかのように春先に倒れてしまった。だがそれでも正弘は、床にありながらも政《まつりごと》を執《と》り続けていたのである。

弾馬が火車事件の解決に当たることを伝えると、正弘の枕辺《ちんべん》に呼び出された。

人払いされて小姓《こしょう》の一人もいなかった。己と会う時、正弘はこのような恰好を望んだ。表向きには機密の漏洩を防ぐためと言っていたが、実際のところ、己ならば何の気兼ねもせず、本音を吐露《とろ》出来るからだと弾馬は感じていた。

「長引きそうだな」

正弘は青白い顔でそう言った。

「一筋縄《ひとすじなわ》ではいかんと思います」

弾馬もまた、正弘の前でも話し方を変えなかった。それを正弘も好《この》ましげにしてくれていたのだ。

「これが今生《こんじょう》の別れになるかもしれぬな。淀藩を……京を頼む」

正弘は真っすぐな瞳《ひとみ》を向けて送り出してくれた。

事件には何ら手掛かりがなかった。解決には少なくとも半年は掛かるものと感じていた。そこまでは生きてはいられないだろうと、正弘本人が思っていただろうし、弾馬も感じていたことであった。

だが、火車事件は僅《わず》か二カ月で解決となった。京都西町奉行の長谷川平蔵が命を擲《なげう》って追い詰めたこと。そして件《くだん》の「ぼろ鳶」の力が大きい。

では、主君正弘はというとまだ存命である。だが話に拠《よ》ると、最近では粥《かゆ》すら喉《のど》を通らぬこともあるらしい。

「お久しぶりです」

案内されて部屋に入ると、弾馬は軽妙に言った。あまりの軽々しい調子に、初めて二人のやり取りを見た小姓は仰天《ぎょうてん》していたが、こうでもしなければ嗚咽《おえつ》が漏《も》れてしまうと思ったから。それほど正弘はこの二月の間に痩せ細っていた。元々が細身ということもあるが、今は骨と皮だけとなり、十《とお》以上も老《ふ》けて見える。

「来たか」

正弘の声は掠《かす》れていた。

「はい。全て終わらせてきました」

「今生の別れなどと言っておいて……こうしてまた逢《あ》えるとは。恰好が付かないな」

正弘は乾いた頰を緩《ゆる》めた。その姿がまた痛ましく、弾馬の胸を締め付ける。

「大名が掛け茶屋にまで浪人を誘いに来たんやで？　今に始まったことやないです」

「確かに。そうだな……随分《ずいぶん》と早くかたがついたようだ」

「江戸の火消が来とったんですわ。それがえらい活躍して」

「面白そうだ。聞かせてくれ」

正弘の望むまま、弾馬は新庄藩火消のこと、そして京に来ていた三人のことを語った。正弘は一々鷹揚《いちいちおうよう》に頷き、時に咳《せ》き込みながらも最後まで聞き終えると、

「お主に似ているな」

と、短く言った。

「殿もそう思いますか?」

「ああ……また縁がありそうだ」

普通、京の火消と、江戸の火消が邂逅《かいこう》することなどあり得ない。今回も稀有《けう》なことであったのだ。だが正弘にはそう思えて仕方がないという。

「境遇が似ているからとちゃいますか」

弾馬は藩の窮状を茶化《ちゃか》すように言ったが、正弘は穏やかな面持ちで頷いた。

「弾馬、無理をさせたな」

「いや、そんなつもりやなく……」

「何としても、この一、二年で変えるべきことを変えたかったのだ」

正弘の言葉に、弾馬ははっとさせられた。

「もしかして……自分の末を……」

「三年はもつと見積もっていたが甘かったな」

正弘は息を呑むほど儚《はかな》い笑みを見せた。家督を継いだ時、己を淀藩に誘った時、正弘はすでに死期を悟っていたのだ。

多くの人は、今のままでよいという気持ちがどこかにある。それが必要なことであっても変革を嫌うもの。何かを変えようとすれば不満も伴《ともな》う。それが大きなことであれば、不満もまた大きくなるのだ。故に変革を断行しても、後《のち》の施政《しせい》がやりにくくなる。正弘はそれをよく解っているからこそ、家臣の不満を一身に背負ってあの世まで持って行き、後を継ぐ藩主が政《まつりごと》を執《と》りやすい状況を作ろうとしたのだと悟った。

「何でそこまで」

弾馬は唸るように言った。続く言葉が上手《うま》く出てこない。

「人にはそれぞれの役目がある。たとえ短い一生だとしても……私の役目はそれと思い定めたのだ」

正弘はまだ僅か二十七歳。真《まこと》にそう思っているだろうが、まるで己に言い聞かせているかのようにも取れた。

「それぞれの役目……ですか」

「ああ、お主にもある」

正弘は少し悪戯《いたずら》っぽく笑った。それが痛々しく、弾馬の胸はさらに締め付けられた。

「はい……しかし……」

弾馬は目を伏せた。焼け落ちた柱《はしら》に挟まれ、迫《せま》る火焔《かえん》に悲鳴を上げ、必死に助けを請《こ》う幼女。己は助けられなかった。以後、火事場に出ようとすると躰が震えて動かない。ただ酒を呑めば震えは収まる。今の己は酒に頼ってようやく炎と対《たい》峙《じ》している。

全て知った上で、正弘はそれでも己に淀藩に来て欲しいと言ってくれたが、いつまで紛《まぎ》らわせていられるのか。火消を一生の役目というには頼りないものである。

「久しぶりに呑もう。誰か」

正弘は次の間に控える小姓を呼んで酒の用意を命じた。今はとてもではないが酒を呑めるような躰ではない。

小姓も止めたし、己でさえ止めた。が、正弘はよいではないかと口調は柔らかいものの、頑《がん》として聞き入れない。暫《しばら》くして、小姓が酒を持ってきた。

「注いでくれ」

盃を持つ正弘の手が震えていた。弾馬は瓶子《へいじ》を手に酒を注ぐ。正弘は乾いた唇《くちびる》にそっと当てると、ゆっくりと、噛《か》むように呑む。

「美味《うま》いな」

「はい……」

声が震える。何故《なぜ》、今、正弘は共に呑もうと言ってくれたのか。弾馬にとって恐怖から逃れるためのものでしかない酒に、違う意味を、思い出の一滴を落としてやろうと思ってくれている。

やはり正弘は優しい。優し過ぎる。自らの命が儚いことがそうさせるのか。いや、これが正弘という人なのだ。

「悔いるなとは言わぬ。ただ、お主によって救われた者は沢山いるはず。それを見よ。それを忘れるな」

正弘は真っすぐに見つめて続けた。

「私もその一人だ」

透き通るような微笑《ほほえ》みに、目から一筋の涙が零れた。弾馬はそれを拭《ぬぐ》うこともなく、唇をぎゅっと結んで頷いた。

正弘は無言で盃を突き返す。弾馬は両手で受け取った。痩せた手で正弘は瓶子を持つ。小ぶりなものが選ばれているとはいえ、病の正弘にとっては重いはず。それでも、今は一切のぶれも、震えもない。

人には生涯忘れ得ぬ光景、人、時があると思う。己にとってそれは今になる。弾馬はそう確信しながら、とくとくと酒が注がれる盃を見つめていた。

「今度こそ今生の別れだ」

「そんなこと言いながら、また会うことになるんやないですか?」

もう涙は止まった。いや、先に呑み込み、精一杯の軽口を叩《たた》いた。

「かもしれぬな」

「淀藩は不恰好が似合います」

「ふふ……弾馬」

酒は注がれた。正弘の声で、弾馬が顔を擡《もた》げる。やはり正弘の口元は綻んでいた。

「達者《たつしや》で呑めよ」

「また」

弾馬は不敵に笑うと、天を仰ぐように一気に酒を呑み干した。

約二月後の安永二年九月十二日、稲葉家宗家十代当主、淀藩六代藩主、稲葉正弘は遠くに旅立った。享年《きょうねん》二十七。再び会うことはなかった。それは互《たが》いに判っていたことである。

弾馬は葬儀に出ることは叶《かな》わなかった。支度《したく》を進めている中、米屋町《こめやちょう》で火事の報が飛び込んできたのである。淀藩火消が奮闘したこともあり、大事には至らなかったが、火を消し止めた時には葬儀は終わっていた。焼け跡の残り火を丹念《たんねん》に消す中、弾馬は仄《ほの》かに染まる暁天《ぎょうてん》を見つめながら、腰の瓢簞《ひょうたん》の酒をぐいと呷った。

三

安永三年（一七七四）の長月（九月）、弾馬は淀城二の丸にて教練を行っていた。

火消たちが躍動している。すでに柔《やわ》らかな風が吹く季節だというのに、止《と》めどなく溢《あふ》れる汗のせいで、火消半纏はぐっしょりと濡れ、鞣革《なめしがわ》の如《ごと》き肌《はだ》は陽光を鈍《にぶ》く跳ね返す。気合の声と、激しい息遣いが飛び交《か》う中、弾馬は若手の火消に向けて叫んだ。

「横着《おうちゃく》すんな！　梯子《はしご》は確かめろ！」

今は組ごとに梯子を携《たずさ》えて走り込み、屋根に掛けて上るという教練の最中。梯子を掛けるなり、すぐに足を掛けようとしたのだ。梯子は掛けた後、左右に小刻みに揺らし、しかと掛かっていることを確かめねばならない。これを怠《おこた》ったばかりに梯子が倒れて大怪我《おおけが》を負《お》う者、十年に一度は常火消の中で死人すら出ている。

火消になりたての若い者は、これを些細《ささい》なことと侮《あなど》ったり、あるいは血気《けっき》に逸《はや》って忘れたりしがちであるが、火消はこのようなことの積み重ねこそが大事なのだ。

昔、京の火消は禁裏御所方火消《きんりごしょかたひけし》と呼ばれていた。その時に任じられた亀山《かめやま》藩、膳所《ぜぜ》藩、大和郡山《やまとこおりやま》藩、そして淀藩の四家が、享保《きょうほう》七年（一七二二）にそのまま常火消となったのである。

江戸では定火消《じょう》、所々火消《しょしょ》、方角火消などの様々な火消の役職があるが、短ければ一、二年、長くても十数年で交代することになる。だが常火消の場合は、

――家が存続する限り。

ずっとそのままなのだ。これは京の近辺に大名家が少ないことに起因《きいん》している。これら常火消が二家ずつに分かれ、隔月交代で京を守護する。

今月、淀藩は当番月ではない。もっとも当番月でなくても、弾馬を始め、火消組の者は洛中《らくちゅう》にある淀藩京屋敷に滞在することがほとんどである。だがこのような大規模な教練は城でしか出来ないため、当番月以外で行わなければならないのだ。

――もう一年か。

弾馬は懸命に修練に励む配下の火消たちを眺めながら呟いた。

元来、長月は淀藩の当番月であった。だが旧主である稲葉正弘の一周忌の法要があるため、膳所藩が交代を申し出てくれたのである。

正弘は嗣子《しし》がおらぬまま死んだため、弟の正諶《まさのぶ》が養嗣子となって稲葉家を継いだ。すでに今年の弥生《やよい》（三月）には、将軍徳川家治《とくがわいえはる》に御目見《おめみえ》も済ませている。

淀藩の大きな改変は全て正弘が行った。故に正諶としては随分とやりやすく、

家中には目立った軋轢《あつれき》も生まれていない。

とはいえ、すぐに淀藩の財政が好転する訳ではない。これからという時なのに、今年は凶作ということもあり、淀藩は幕府から追加で五千両を借用することが決まった。これも正弘が生前に根回しをしていたらしい。

「今日はここまで」

弾馬は皆を集めて続けた。

「膳所藩が代わってくれたから、来月、再来月と俺ら淀藩が当番となる。いよいよ冬や。気を引き締めていくぞ」

「はっ」

配下たちは応じると、銘々《めいめい》が散らばっていった。新たに加わった新米に残って教える者、和気あいあいとこの後に呑みに行こうとする者、今の淀藩火消の雰囲《ふんい》気《き》は前にも増してさらによくなった。

――たまには離れるもんやな。

弾馬は配下の者たちを見渡しながら思った。

今年の夏、大坂《おおさか》で「緋鼬《あかいたち》」が頻発するという事件が起こった。緋鼬とは大きな火災の折、熱波によって出来る炎の竜巻《たつまき》である。その高さは三、四丈（約九〜

十二メートル）から、大きいものになると十丈（約三十メートル）を超える。約百二十年前に江戸で起こった明暦《めいれき》の大火では、実に十七丈（約五十一メートル）の緋鼬が、しかも同時に三つ巻き起こった。

その威力は凄《すさ》まじく、周囲の家屋を巻き上げながら劫火《ごうか》で焼き尽くす。さらに緋鼬の性質《たち》が悪いのは、巻き上げられた燃える瓦礫《がれき》が、火の玉の如く降り注いで、遠くの町にまで飛び火を引き起こすことであろう。

ともかくこの緋鼬、いかに火消であっても止める手立てはなく、過ぎ去るのを待つほかないとされている。ただ滅多《めった》に起こるものではなく、様々な条件が嚙み合った時にしか発生しない。弾馬もそれまで一度しか見たことがなかった。

それなのに大坂で立て続けに緋鼬が起きたのだ。これに天下の三大豪商の一つ、大丸《だいまる》が動いた。弾馬がかつて店火消として世話になっていた緒方屋は、大丸傘下の有力な商家の一つである。大丸は緒方屋を通じ、己に原因を調べ、止められないかと打診してきたのである。

弾馬はこれを受けて大坂に向かった。大丸は己だけでなく、他の火消にも協力を頼んでいた。それが新庄藩火消、通称、

――ぼろ鳶組。

であった。京の火車事件で力を合わせた者たちである。

結果、弾馬はぼろ鳶の面々、大坂火消の連中と共に緋鼬を止めた。その手法を看破《かんぱ》されたからか、緋鼬を意図的に引き起こした者たちは、その後は動いていない。

そのようなことがあったため、先々月までは副頭《ふくがしら》以下に任せ、弾馬は京を離れていたのだ。己が不在ということで、互いに力を合わせねばならぬという意識が強まったのだろう。それが今の淀藩火消のよりよい雰囲気に繋《つな》がっているのだと感じた。

「よい仕上がりですね」

声を掛けてきたのは、淀藩火消副頭の花村祐《はなむらたすく》である。

祐は淀藩の飛び地、越後の産である。淀藩は各地に飛び地があることで、年貢の徴収、運搬に手間と費えが掛かる反面、享受《きょうじゅ》出来る利も無いではない。その中の一つに越後領での馬産《ばさん》がある。

越後では昔から陸奥駒《むつごま》、木曾駒《きそ》などを集めて、盛《さか》んに馬産が行なわれていた。しかしそれもいつしか廃《すた》れていたのだが、先主の正弘が、

——これは必ずや淀藩再建の肝《きも》になる。

と、目を付けて復興に尽力《じんりょく》したのである。

その牧場の中で、実際に馬を世話して育て、調教する武士のことを牧士《もくし》と謂《い》う。これは淀藩に限ったことではなく、幕府も直轄《ちょっかつ》領の佐倉牧《さくらまき》、小金牧《こがねまき》に牧士を任命して置き、馬産に力を入れているのだ。

祐はその牧士の次男であった。馬に関する知識は父や兄にも劣《おと》らず、さらに調教で身に付けた馬術は一族の皆が舌《した》を巻くほどの腕前。しかし次男であるために家督を継ぐことは出来ない。そんな時、淀藩内で火消を新たに募集するという話を耳にし、手を挙げたのだ。

この祐、何事も呑み込みが早い性質なのか、火消としての筋も頗《すこぶ》る良かった。これはと思った弾馬は徹底的に鍛え上げて副頭としたのである。

祐は火事場でも馬を使う。大抵、馬は炎を恐れるものだが、祐が調教し、自身が跨《また》がる馬は火焰に怯《ひる》むことなく、煙を掻き分けるように突き進む。故に、同じく騎乗して指揮を執る他の火消よりも遥《はる》かに広範囲を守ることが出来る。そのため京の者たちは、

――花村様の陣に逃れてきたからもう安心だ。

などと言い、そこから転じて「花陣《かじん》」の二《ふた》つ名《な》で呼ばれるようになった。二月

前の大坂の一件でも京から駆け付け、愛馬の白秋《はくしゅう》と共に活躍した。

「そうだ。御頭《おかしら》、文《ふみ》が届いていますよ？」

祐はぱんと手を叩いた。

「俺に？　何処《どこ》からや？」

今や天涯《てんがい》孤独の身である。役目以外で知り合いも多い訳ではない。文が届くようなことは滅多になかった。祐は届いたという文を持ってきて差し出した。相当な長さらしくかなり分厚い。

「江戸からです。松永《まつなが》様ですよ」

「源吾《げんご》からか」

弾馬は眉《まゆ》を寄せた。

松永源吾。件《くだん》のぼろ鳶、新庄藩火消の頭取。京の火車事件、そして大坂の緋鼬事件で共に戦ったことで、遠く離れてはいるが最も信頼する火消である。

ただ、あの男からの文となれば、またややこしいことが起こったのではないかと思ったのだ。

「いいえ、松永様の奥方様からのようですね」

「あっ……そっちか」

思い当たる節《ふし》があり、弾馬はさっと文を受け取った。

「何です？」

挙動が不審過ぎたらしい。祐は興味津々《しんしん》といったようににやりと笑う。

「何でもない」

「教えて下さいよ。また何かあったかと心配になるじゃないですか」

祐も恐らく違うとは解っている。それでもそう言われてしまえば、弾馬としては余計な不安を抱かせぬために話さざるを得ない。

「源吾の奥方が滅法《めっぽう》料理が上手《うま》いて聞いたんや。なかなか頼めるもんもおらんくてな」

「料理……ですか？」

祐はひょいと首を捻《ひね》った。

「大坂に行く前に緒方屋で話しとった時、お前もいたやろ？」

「ああ、なるほど」

思い出したようで、祐は得心《とくしん》して頷く。

緒方屋の主人、佐平次には紗代《さよ》という一人娘がいる。緒方屋が火事に見舞われた時、佐平次は客を救うために燃え盛る建家に一人で戻った。

その佐平次が一向《いっこう》に出て来ないため、紗代は涙を流しながら、周囲に助けを求めていた。

その時、近くを通り掛かった弾馬が、建家に突入して佐平次と客を救い出した。佐平次と紗代は何か恩返しをしたいと考え、己を店火消として雇いたいと申し出たのだ。そういう意味では、弾馬が火消になる発端《ほったん》こそ紗代だと言えよう。

当時は十四歳だった紗代も、今ではすでに二十四歳。世の常では縁付いていてもおかしくないどころか、遅いくらいなのだが、未《いま》だに嫁《よめ》に行かず父の仕事を手伝っている。佐平次もまた、何か思うところがあるのか、無理強《じ》いをするようなことは一切ないらしい。

その紗代、これまでは全くしなかったのに、今年になって料理を始めた。初めの頃は、味噌汁《みそしる》ひとつをとっても水のように薄かったり、ぐったり煮崩れた大根が出てきたりと、お世辞《せじ》にも美味いとはいえず、見栄えもよくはなかった。

だが、二月前に行った時に朝餉《あさげ》を振る舞われ、かなり上達していたので驚いたものである。料理は母に学ぶのが相場だが、紗代は母を幼い頃に亡くしている。さらに紗代は緒方屋ではお嬢様であるため、下女たちは恐れ多いと誰も教えてくれないらしい。故に見様見真似《みようみまね》、独学であったというから、筋《すじ》は悪くなかったのだろう。だがこれ以上に凝《こ》った料理となると、ちと難しい。

紗代は、

――作り方を書いた書物があればいいのに……。

と、ぼやいていた。

確かに料理に関する書物はあるにはある。だが料理そのものを紹介するようなもので、作り方を記したものは見たことがない。弾馬が探しておいてやると言うと、紗代は目を輝かせていた。

だが結局、そのような書物はなかなか見つかりそうにないだろう。そんな時、大坂で一緒になった新庄藩火消水番《みずばん》の武蔵《たけぞう》が、

――御頭の奥方の料理は絶品ですぜ。

と、語っていた。

その奥方ならば料理を教えてくれるかもしれない。未だ会ったこともないのだが、他に頼るようなあてもない。弾馬は奥方宛てに文を書き、江戸に帰る源吾に託したのである。

その返事が来たということだろう。弾馬は祐の目の前で文を開いた。

「おお……」

「凄い量ですね」

弾馬は感嘆《かんたん》を漏らし、祐は目を見開いて覗《のぞ》き込む。

かなりの数の料理、その手順が事細《ことこま》かに書かれている。しかも春ならば筍《たけのこ》のてんぷら、秋ならば柿の膾《なます》といったように、季節ごとに分類されている。さらに江戸と京では好みの味の濃さが変わってくるかもしれないので、塩や醤油《しょうゆ》はやや控えてもよいかもしれないという注意書きまで添えられている。

「こっちは俺宛てか」

料理の作り方を記《しる》したものとは別に、己への文も綴られている。

まず挨拶《あいさつ》に始まり、夫が世話になっていることの謝辞《しゃじ》。続いて、此度《こたび》送った他にも幾つか料理の手順を書いたものの、あまりに多くなり過ぎたので、一度に送るのを控えたということ。気に入ったならばまた送るので、遠慮なく申し付けて欲しいということ。そして紗代への励ましの言葉で締めくくられていた。

「ほんまによく出来た奥方やで。あいつには勿体《もったい》ない」

弾馬はふっと口を綻ばせて書状を折り畳んだ。

「紗代さんに持っていかねばなりませんね」

祐は眉を開いて微笑んだ。前回会って祐も気付いている。紗代が己に好意を寄せてくれていることに。

「ああ……そうやな」

弾馬は曖昧《あいまい》な返事をした。

別に今に始まったことではない。十年前、出逢った時からずっと。周囲にはどう思われているかはともかく、弾馬も何も感じぬほどの阿呆《あほう》ではない。紗代が己に会うたび嬉々《きき》として話しかけてくれば解る。

当初は若い娘特有の憧れのようなものかと思っていた。だが紗代が十八歳の頃、初めて縁談が持ち込まれた時、

――想う人がいます。

と真剣な口調で、父の佐平次に言ったらしい。

佐平次もそれだけで全てを解ったのだろう。以降、縁談があっても、やんわりと断るようになったという。佐平次が一連のことを己に話した訳ではない。このような話は、何処からともなく漏れてくるものである。その時、弾馬は紗代の想いが本気だとようやく知った。

紗代はよい娘である。それはよくよく解っている。己などには勿体ないほどに。だが、これぱかりは気持ちに応えることは出来なかった。

火事場では常に死が隣り合わせである。そういった意味では、火事は泰平《たいへい》における唯一の戦《いくさ》といっても過言ではない。

京では年に百ほどの火事がある。弾馬は当番月以外でも後詰めとして出動するため、その「戦」に、三日に一度は出ていることになる。乱世の武士よりも遥かに多くの戦に臨んでいることになろう。

しかも飯を食っている最中であろうが、眠っていようが、飛び出していく。そして一度戦に出てしまえば、半日戻らないなどはざらで、時と場合によっては数日に亘《わた》って帰ってこない。

その間、妻はただ無事を祈って、帰りを待つことしか出来ないのだ。その苦しみは、炎と戦う火消以上だろう。現に家で待ち続ける妻が心を病《や》んだという話も耳にしたことがある。

そのような苦悩を、

——紗代には与えたくない。

と、思うのだ。もっと真《ま》っ当《とう》な人と、平穏な日々を過ごして欲しいと弾馬は望んでいる。

とはいえ、紗代は二十歳《はたち》になっても縁談を断り続けているとなれば、弾馬とし

ては動かざるを得ない。佐平次と二人きりの時、弾馬は腹を決めて、

——俺の思い過ごしで恥《はじ》を掻くのは構わん。紗代もそろそろ縁付いたほうがええと思う。

と、切り出した。

これに対して佐平次は、

——思い過ごしやないでしょう。これぱかりは紗代の好きにさしてやりたいんです。我儘《わがまま》を言うてすみません。

と、頭を下げたものだから、却《かえ》って弾馬が恐縮してしまい、それ以上は何も言うことが出来なかった。

それから四年、今も紗代は縁付いていない。世間ではもう年増《としま》と言われるような歳であるが、当人は一向《いっこう》に気にしていないように振る舞い、一生独り身でもよいと思っているとまで時折言っているらしい。

「そうやな」

「では、私はこれで」

生返事になってしまったことで、祐も何か感じることがあったのだろう。普段ならば一杯やろうなどと誘ってくるのだが、この日はすぐに帰っていった。

源吾の妻の名は深雪《みゆき》と謂う。その深雪に礼の返事を書こうと思い立ち、弾馬もどこにもよらずに役宅に足を向けた。

その途中、ふと頭を過《よぎ》った。深雪もまた火消の妻である。しかも源吾は一度火消を辞めたにも拘らず、戻ることに背を押したのも深雪だと聞いている。如何《いか》なる心境だったのだろうか。

そのようなことを考えていた時、弾馬の目に大水車《おおすいしゃ》が飛び込んできた。直径四間余（約八メートル）もあるこの大水車は、淀城の北と西にあり、こちらは北側のもの。二の丸、西の丸の池に水を取り入れるために、築城当時に設けられた。

山城国に住む者たちの間でこの大水車は有名で、これを題材にした唄もある。

「淀の川瀬の水車《みずぐるま》、誰を待つやらくるくると……」

弾馬は小声で唄った。頭の中で、今は亡き父、正弘、そして紗代の顔が、水車のように巡り、弾馬は同じ節を何度も繰り返しながら歩《ほ》を進めた。

四

神無月《かんなづき》（十月）、淀藩火消は当番月として京に戻った。

火事が起こった時だけ、火消の仕事という訳ではない。日中は洛中を見回って、燃えやすいものがあれば中に取り入れるように命じたり、空の桶に水を張るように呼びかけたりする。そして夜になれば、

——火の用心。

と、拍子木《ひょうしぎ》を打ちながら夜回りをした。火事を未然に防ぐのも、いやそれこそが火消の最も大切な仕事である。

弾馬は祐と共に町を歩く。何か大きな変化が起きていないかをこの目で見て、いざという時の備えにせねばならない。たった一月でも空き家になっただとか、あるいは新築の家が建っただとかの変化はある。町も人と同様生きており、常に変化しているのだ。

その日の見廻りが終わった後、弾馬は緒方屋を目指した。

「私もいいのですか？」

祐は顔を覗き込んで尋ねた。

「ああ、構わん」

弾馬は答える。色々なことを考えてしまったからか、正直なところ祐がいたほうが気も楽であった。

「あっ！　野条様！」

緒方屋を訪ねると、奉公人たちが一斉に喜色《きしょく》を浮かべる。昔、弾馬が店火消をしていた時からいた奉公人たちは漏れなく、京を守護する常火消の頭になったことを誇りに思ってくれている。またそれ以降に入った奉公人も、常々《つねづね》聞かされているらしく、憧れの目を向けてくれる。

「佐平次さんはいるか？」

「ええ、お待ちを」

弾馬が訊くと、奉公人の一人が頷いて中に呼び掛けた。暫くすると、佐平次が奥から姿を見せる。

「弾馬さん、久しぶりです」

「なかなか顔を出せんで悪かった」

大坂から戻ってすぐに緒方屋を訪ねたが、その時佐平次は外出していた。それ以降、離れていた間の報告を受けたり、正弘の一周忌があったりと忙しく、そのうちに淀に戻ることになり、顔を合わせることがなかったのである。

「これは花村様も」

佐平次は後ろの裄に気付いて会釈《えしゃく》をする。

「ご無沙汰《ぶさた》しています」

「大坂のこと聞きました。お二人とも、えらい活躍やったと」

「俺らだけやない」

弾馬は軽く手を横に振った。

「今日は？」

佐平次は己と祐を交互に見た。

「紗代はいるか？」

「はい。もうすぐ」

佐平次の口元が綻んでいる。暫くすると、慌《あわ》ただしい跫音《あしおと》と共に紗代が姿を見せた。

「野条様！」

「相変わらずやかましい奴や。おったんかいな」

弾馬は戯けて片耳を手で塞《ふさ》いだ。

「すぐにと言うたんですが、この顔では会われへんと」

佐平次は真に楽しそうに微笑む。

「お父様」

紗代が不貞腐《ふてくさ》れたような顔で制す。なるほど、紗代の顔には薄《う》っすら白粉《おしろい》が塗られている。慌てていたからであろう。唇《くちびる》に引いた紅も、端のあたりが微《かす》かに滲んでいた。紗代はこちらに笑みを向けて言った。

「お久しぶりです」

「お前とは二月前に会ったばっかりやろう」

大坂から戻って報告に来た時、佐平次は不在だったが紗代はいたのだ。

「二月……も、です。全然、来てくれはらへんから」

「これ、弾馬さんも忙しいんや」

佐平次がちょいと窘《たしな》めた。

「解っています。あっ、ちょっと待って下さい」

紗代はそう言うと、再び奥に消えていった。

「ほんま忙しいやっちゃ」

弾馬が苦笑していると、紗代はすぐに戻って来た。その手には一匹の猫が抱きかかえられている。

「お、笹《ささ》か」

弾馬は頬を緩めた。笹とは、猫の名である。

大坂で緋鼬から逃れる途中、同じく逃げ遅れていた猫を助けた。顔は白地に、黒い部分が鼻筋を境にして割れたような、いわゆる鉢割《はちわ》れと呼ばれる猫である。余程《よほど》怯えていたのだろう。助けようとした弾馬の手を引っ掻いたり、嚙み付いたりしたが、何とか抱きかかえて逃げた。

大坂火消、雨《あめ》組の流《りゅう》丈《じょう》が引き取ると申し出てくれたが、助けた以後、打って変わって己の足に纏《まと》わりつくようになったので、何となく連れて帰ってしまった。

とはいえ、いつ、何時《なんどき》、出動するとも知れず、そのまま戻って来ないかもしれない己が飼うには無理がある。どこかよい引き取り先を探すつもりであった。大坂から戻った足で緒方屋を訪ねたため、その時に弾馬はこの猫を抱きかかえていた。粗野《そや》な己が猫を抱えている姿は、紗代には大層面白かったらしく、

「なんで猫――」

と、言葉を失うほど腹を抱えて笑っていた。

事情を告げると、紗代は自分が引き取ると申し出た。それは悪いと断ったものの、近頃鼠《ねずみ》が出て困っていて、佐平次も猫を飼うかと話していたので丁度よいと、紗代に強く押し切られた。だがこれで飼い主を探す必要がなくなり、正直な

ところありがたかった。

「名は？」

ようやく笑いも収まり、紗代は目尻に浮かんだ涙を指で拭いながら訊いた。

「猫や」

「何それ。恩人なんだから、野条様が名を付けて下さい」

「そうか……難しいな」

人の親でもない弾馬である。名を付けたことなど一度もないので考え込んでしまった。紗代は猫を受け取ると頭を撫でた。猫は目を細めて甘い声で鳴く。どうも紗代にもすぐに懐《なつ》きそうである。

「弾馬さんが好きなもので」

紗代は猫の頭を撫でながら、ちらりとこちらを見た。

「ほんなら酒でええやろ」

「もう……真剣に考えて下さい」

「真剣やっちゅうねん。ほなら酒《ささ》ならどうや」

古来の酒の呼び方である。音が気に食わないのだと思い、弾馬は言い直した。

「音はいいけど字が酷《ひど》過ぎます。竹の笹の字を当ててはどうです？」

「確かに。そうしよう」

「笹、どう？」

紗代が優しく尋ねると、笹は高い声で鳴いた。

こうして名が決まり、緒方屋で飼って貰《もら》うことも決まったのである。

「やっぱり野条様のことが好きみたい」

ひさしぶりに会った笹は何度か鳴きながら、降ろせといったような素振《そぶ》りをする。紗代が解放すると、笹は喉を鳴らしながら弾馬の足に顔を摺《す》り寄せた。弾馬はすっと笹を抱き上げた。

「達者《たっしゃ》やったか」

まるで言葉が解るかのように、笹はにゃあと答えた。

「でも、お前は緒方屋にいたほうがええ。火消と暮らすなんて碌《ろく》な……」

言い掛けて止めた。しかし、すでに遅いだろう。このような粗野なところも含めて、やはり己などとは一緒にいるべきではない。弾馬は内心で苦笑しつつ、笹の頭を撫で続けた。

「御頭、紗代さんに」

早く喜ばせてやれというように、祐は嬉々として言った。いや、助け船を出したのだろう。この副頭は若いにも拘らず、場の雰囲気を察するのに敏《びん》である。

「そや、これ」

弾馬は文を包んでいた風呂敷を差し出す。

「これは？」

紗代は首を捻った。

「知り合いの奥方が滅法料理が上手いらしい。だから頼んで作り方を書いてもうたんや」

「本当ですか!?」

紗代は目を輝かせた。

「ああ、かなりの量がある」

「開けても？」

紗代は上目遣いに見つめながら訊いた。

「ああ」

「凄い……」

風呂敷を開き、紗代はざっと目を通しながら嘆息《たんそく》を漏らした。

「気に入ったなら、また送ってくれはる」

「ありがとうございます！」

紗代の満面の笑みが眩《まばゆ》く、弾馬は目を逸《そ》らして小さく鼻を鳴らした。

「難しそうなやつもあったぞ」

「気張ります。その時は野条様に振る舞わせて下さい」

「はいはい」

弾馬は適当な相槌《あいづち》を返すと、笹を地に置いて続けた。

「行くわ」

「もう？」

紗代が些《いささ》か寂しそうに言った。

「もう少しゆっくりしていったらええのに」

と、佐平次も続く。

「この後、夜回りもあるからな」

「そうですか。それなら仕方ないですね」

不満そうな紗代を横目に、佐平次は穏やかに微笑んで頷く。

「また今度な」

弾馬は言いながら思った。火消ほど、この言葉が頼りないものはいないだろう。やはり己は相応《ふさわ》しくない。その想いが胸に込み上げる中、弾馬は笹の頭をもう一撫でして、緒方屋を後にした。

帰路、弾馬は、

——何故《なぜ》、今になって悩み始めたのか。

と、考えた。

その答えは大坂での一件にある。あれほど炎に追い詰められたことは初めてであった。あの時、一歩間違えば己は死んでいた。改めて火消という仕事の因果《いんが》を思い知らされた。

そしてもう一つ。元はやくざ者だった己が、店火消になり、常火消になり、挙《あげ》句《く》の果てには大坂で江戸や大坂の火消と共闘する。そんな将来を思い描いてはいなかった。思い描けるはずもない。そこに時の流れを感じてしまったのだ。時は誰にでも等しく過ぎていく。それは紗代も同様である。

「祐」

「はい」

「俺は……決めた」

弾馬は絞るように言った。それが紗代の望む答えでないと感じ取ったのだろ

う。祐は少し間を置き、

「そうですか」

と、些か残念そうに言った。

往来を凩《こがらし》が吹き抜ける中、弾馬は王城の空に細く息を溶かした。

五

神無月（十月）七日の夕方、申《さる》の下刻（午後四時二十分頃）、京の北、二条高倉《にじょうたかくら》の大宋町《だいそうちょう》で火事があった。出火の原因は火鉢《ひばち》を子どもが転がしてしまったことによる失火である。両隣を焼いたが、風を読んで三軒目を潰《つぶ》し、水を用《もち》いて鎮《ちん》火《か》したのは深夜のことであった。

その翌々日の九日の子《ね》の刻（午前零時）、今度は南側、万寿寺通《まんじゅじどおり》と東洞院通《ひがしのとういんどおり》の交《まじ》わるところ、大江町《おおえちょう》で火が立ちのぼった。淀藩火消はすぐに飛び起きて向かう。幸《さいわ》いにも早くに駆け付けられたことで、その民家も半焼で済み、隣家は無事に残せた。これは犬矢来《いぬやらい》が燃えていたという証言があったため火付けの疑いが強い。奉行所にそのことを報告し終えた時には、昼前になっていた。

さらに十三日の未《ひつじ》の刻（午後二時）。五条室町《ごじょうむろまち》、言砂町《ことすなちょう》にて小火《ぼや》があった。炭を運んでいる途中、誤って落として畳を焦《こ》がした。幸い火が出るほどではなかったが、後になって燃えることも間々《まま》ある。たっぷりと水に浸《ひた》した布を掛けて、一両日目の届くところに置いておくよう指示して引き上げた。

続いて十七日の午《うま》の刻（午後零時）、賀茂川《かもがわ》の川端、四条《しじょう》から少し下った宮川町《みやがわちょう》で失火。この火元は小料理屋で、油の扱いを誤って火が出たとのこと。油に引火したため火の広がりも早く、両隣、またその隣と、数珠《じゅず》繋ぎに七軒を焼いた。これを消し止めたのは亥《い》の刻（午後十時）。残り火がないか確かめ終えた時には、十八日の昼になっていた。

「流石《さすが》にきついな」

弾馬は帰路《きろ》、溜息《ためいき》をついた。このような多忙な日々が続いているため、あれ以降、弾馬はなかなか緒方屋に足を運べてはいなかった。

「覚悟はしとったが……去年に比べてかなり多い」

自らの額《ひたい》を拳《こぶし》で小突《こづ》きながら弾馬は零した。

小火も含めれば、京では三日に一度は火事が起こるのだから頻度《ひんど》そのものは珍しくはない。ただ大半は小火で終わるのだが、今月に限っては大きな火事が続いている。当番月となりまだ半月と少ししか経っていないが、配下の者たちにも疲れの色が滲み始めている。

「ええ、来月もうちが当番ですから……ずっとしますね」

白秋を曳《ひ》く祐の目にも、薄っすらと隈《くま》が浮かんでいる。

「死人が出てへんのが幸いや」

これまで配下では転んで掠り傷を負った者が一人。助けた者で軽い火傷《やけど》をした者が二人。ただ死人は誰も出ていなかった。

「それにしても、よくそんなに酒を呑んで眠たくなりませんね」

祐は苦笑した。弾馬は炎に臨む前に腰の瓢簞に入った酒を半分、全て消し終えた後に残りを呑む。祐も酒の強い者が多い越後人だけあって、涼《すず》やかな顔に似合わずよく呑む。だが酒が入った状態で夜を徹せば流石に眠くなるという。

「まあ……慣れやな」

炎に立ち向かう時、忌《い》まわしい記憶が蘇《よみがえ》って躰が強張《こわば》ってしまう。それを抑えるために酒が必要なのだ。今では呑みたいから呑んでいるのではなく、火事場に出るために呑んでいるといっても過言ではない。酒を呑んで普通に戻るのだから、それで酔《よ》う訳ではない。

「ともかく帰って寝ましょう。どうか今日は皆、火の用心をしてくれますように」

祐は京の人々に祈るように片手で拝《おが》む仕草《しぐさ》をした。その禱《いの》りが通じたのか、二十三日までは平穏な日々が続いた。江戸には火事場見廻《かじばみまわり》という焼け跡の検分を専門にする役人がいるらしいが、京ではこれも常火消の役目である。これまでの火事の書類を纏め終えたのは二十六日の昼過ぎのこと。

その日の夕刻、弾馬は一人で緒方屋を訪ねた。

「いらっしゃい！」

弾馬が来たことが知らされると、すぐに紗代が姿を見せて出迎えてくれた。その様子を緒方屋の奉公人、女中たちも微笑ましそうに見つめている。続いて佐平次も遅れて現われた。

「弾馬さん、こんにちは」

「度々、すまん」

弾馬は努《つと》めて常《つね》と変わらぬ調子で言ったつもりである。だが佐平次には感づかれたらしい。二人の視線が宙で絡《から》み合った。

「この前、頂いた文の料理を作ってみたんです。よかったら今日は――」

紗代が嬉々として語る中、弾馬と佐平次は目で語り合った。弾馬が会釈をすると、佐平次が小さく首を横に振る。それは駄目だという意味ではない。むしろ佐平次の心にあるのは詫《わ》びの想いだろう。

「恩に着ます」

弾馬はそう小声で言うと、紗代に向けて穏やかに続けた。

「少し話がしたい。構わんか？」

「えっ……は、はい」

急な一言に紗代は驚き、佐平次のほうを見る。佐平次は細く息を吐いて頷いた。

緒方屋の奥の一室に案内された。弾馬と紗代の二人きり。案外、これまでなかったことである。紗代も今日の己は様子がおかしいと察したらしい。

「この前、近くの小間物屋の定一《さだいち》さんが……」

とか、

「そういえば、平井利兵衛工房が新しい火消道具を作るらしいと……」

などと無言の時が訪れるのを恐れるように、世間話を矢継《やつ》ぎ早《ばや》に続ける。

「紗代、話がある」

「……はい」

弾馬が口を開くと、紗代は話を止めて神妙《しんみよう》な面持ちとなった。

「俺のことを想ってくれているんか」

「はい」

紗代は即座に答えた。十年の付き合いである。だが、こうして言葉にしたことは互いに初めてのことである。弾馬は絞るように言った。

「俺は一緒になれへん」

「なんで？」

まさか問うてくるとは思わず、弾馬は些か怯んだが、ぐっと丹田《たんでん》に力を込めて答えた。

「お前にはきっと、俺なんかよりええ人がおる」

「ええ人？」

「ああ、そうや。もっと優しくて、男前で、甲斐性《かいしよう》もあって、上品で……呑んだくれやない男や」

弾馬はそう言うと、今日も腰に付けた瓢簞を取り、話の途中にも拘らず呷ろう

とした。その瞬間、

「お酒はちゃうでしょう」

と、紗代が言った。その声はか細くて微かに震えている。何故、己が酒に頼るようになったか。紗代はその経緯《いきさつ》も知っている。そして呑み続けている意味も解っているらしい。

弾馬は細く息を吐くと、瓢箪を畳にたんと置いた。

「ああ、俺は酒が無いと火事場にも立てへん。火消でいて、まともでいられるもんは紛《まが》いもんや。皆が大なり小なり壊れとる」

「解っているつもり――」

「いいや、解ってへん」

弾馬は遮《さえぎ》って、さらに続けた。

「明日、俺は死ぬかもしれへん。たった一匹の猫を助けるため命を擲《なげう》つ。それが火消……いや……それが俺や」

「私は何て言えばええのん？」

紗代は唇を震わせて首を傾《かし》げる。その目ははっと息を呑むほど哀《かな》しげであった。

「幸せになると」

弾馬が静かに言い切ると、紗代は遂《つい》に俯《うつむ》いた。膝《ひざ》の上で握《にぎ》りしめた拳が震えている。

今、はきと解った。己は紗代のことを心から大切に想っている。だからこそ離れる道を選んだのだ。己が炎に呑まれた日、今この時の何倍もの悲哀が紗代を襲ってくるのだから。

「紗代、達者でな」

後ろ髪を引かれる卑怯《ひきょう》な己を振り切るため、弾馬はそう言うと部屋を飛び出した。紗代も止めようとはしない。

「弾馬さん……」

店先にいた佐平次が呼んだ。

「ほんまにすまん」

「いや、却って苦しめてしまったようです。謝るのはこちらです」

佐平次は唇を結んで二度、三度頷いた。

「佐平次さんには、幾ら礼を言っても言い切れへん。何かあればすぐに駆け付ける」

「ありがとうございます」

佐平次に向けて大きく頷くと、弾馬は暖簾《のれん》を上げて外に出た。

すっかり陽《ひ》は傾いて、町は茜《あかね》色に包まれている。人の縁とは無常《むじょう》である。どれだけ切りたくても切れない縁もあれば、幾ら共に生きたくとも切らねばならぬ縁もある。京の者が余所者《よそもの》によそよそしいと言われるのは、多くの出逢いと別れが交錯してきたこの町に生まれたことで、血がその苦しみを覚えているからかもしれない。そのようなことを考えながら、弾馬は焼けたような赤の滲む西の空を見つめた。

六

淀藩京屋敷に戻る途中には、すっかり辺《あた》りは暗くなった。提灯《ちょうちん》は持っていない。間口に並ぶ竪格子《たてごうし》から漏れる薄明かりは、町屋に生きる人の営《いとな》みを感じさせる。

「くそ……」

半里（約二キロメートル）ほど北、茫《ぼう》と上空が明るくなっている町がある。火事である。

——ほらな。

弾馬は誰に向けてということなく心中で呟いた。感傷《かんしょう》に浸っている暇さえ与えられない。それが火消である。

「祐、出ろ」

駆け出した弾馬は独《ひと》り言《ごと》を零した。すでに報《しら》せは入っているか、そうでなくとも番の者が気付いているだろう。今月の当番は大和郡山藩と淀藩。火元は蛸薬師《たこやくし》御幸町《ごこまち》あたりか。淀藩のほうが近い。さらに己のほうが早く駆け付けられるだろう。

弾馬は京の大路、小路を疾駆《しっく》し火元へ向かった。すでに周囲に住まう者たちも火事に気付いたのだろう。遠くにいても悲鳴や、怒号《どごう》の如き声も聞こえてくる。

「くそ……」

火元が見えて来て、弾馬は舌《した》を打った。大店とは言えないまでも、それなりの商いをしているであろう間口五間（約九メートル）ほどの商家が火に包まれている。燃えやすいものでもあったのだろう。すでにかなりの火勢となっており、隣家に類焼している。

赤、黒、白の三色の融《と》け合いで、これほどまでに禍々《まがまが》しさを放てるものかといつも思う。高低の入り混じった特有の聲《こえ》、天魔《てんま》の慟哭《どうこく》とはこのようなものではないか。鼻を衝《つ》く臭いは人々の恐れをさらに煽《あお》っている。

しかも風が強い。うかうかしていると一気に炎が駆け巡り、大火にまで発展してもおかしくない。

決して広くはない蛸薬師通、御幸町通に、逃げ出した人が充満している。中には家財を持ち出している者も散見出来た。常から火事が起きても家財は持つなと、口が酸っぱくなるほど注意しているのだが、一向にそのような者はいなくならない。

「どいてくれ！」

弾馬は人波を掻き分けて火元に近付いた。近隣の商家が雇っている店火消であろう。その数は二十人ほど。手桶でもって消火に当たっているが全く歯が立たないでいる。これらを取り纏めて己が指揮を執り、淀藩火消が駆け付けるまでの時を稼《かせ》ぐのが上策である。弾馬が無意識に伸ばした手がするりと宙を滑《すべ》った。

「しまった……」

瓢箪が、酒が無い。先刻、振り払うように飛び出したため、畳の上に置いたことを忘れ、緒方屋に残してきてしまっている。

——心配ない。やれる。

弾馬は己に言い聞かせた。大坂で無我夢中だった時、酒に頼らずとも動けた。あの時を思い出せと自らに命じるが、その時点で意識してしまっており、震えが背筋を駆け巡る。

「阿呆が……」

弾馬は震える拳を、震える手で押さえながら呻くと、店火消たちのもとへ歩を進めた。

「淀藩火消頭、野条弾馬や！　私用で近くにいた。俺が指揮を執る！」

「おお！」

「野条様だ！」

店火消たちが歓喜に沸《わ》く。逃げ惑っていた人々の中からも、

「弾馬や！」

「蟒蛇《うわばみ》が来たら安心やぞ！　呑み干してくれ！」

などと歓声が上がった。奥歯が鳴るのをぐっと噛み殺し、弾馬は店火消たちに向けて叫んだ。

「必ずうちのもんらが来る。それまで耐えるぞ！」

すでに三軒が紅蓮《ぐれん》に包まれ、四軒目が炎に噛み付かれている。この人数で家を引き倒すことは出来ない。手桶で的確に水を打ち、火焔の侵攻を食い止めるしかない。

「やたら滅法に炎に掛けても止まらん。隣の家を濡らせ」

「はい！」

店火消たちは言われた通り、火元から五軒目の家に水を掛けていく。ただ、それだけでは十分ではない。京の家は密集しているため、裏の家にも火の先が触れ始めており、さらに弾馬を焦らせた。

「半分はこっちに――」

喉に大きな餅《もち》が詰まっているような感覚である。そのようなものは無いと解っているのだが、声が詰まる。

「こっちから水を！」

弾馬は胸をどんと叩いて吼《ほ》えた。

――これはまずい。

風向きが北から東に変わり始めている。これまで南に伸びていた炎の線が、一斉に西に向かうことで面となる。こうなってしまえば、淀藩火消が駆け付けても止められないかもしれない。

「誰か！　助けてぇ!!」

気が狂《ふ》れたように叫ぶ女がいる。年の頃は三十というところか。滂沱《ぼうだ》の涙を流し、逃げ惑う人々に助けを求めている。

「火消や。どうした」

弾馬は近付くと、動悸《どうき》に耐えながら訊いた。

「ああ……弟が……」

「何処《どこ》や」

女はがたがたと震えながら指差す。すでに半《なか》ばまで炎に蝕《むしば》まれている、火元から四軒目のあの家である。

「もうすでに逃げたということはないか」

「弟は……歩くことが出来へんのです！」

近所の者が早口で掻い摘《つま》んで教えてくれた。

この女は両親を亡くして十歳ほど離れた弟と二人で暮らしていた。弟は生まれつき歩くことが出来ず、姉が世話をしてきたらしい。姉は何度も縁談があったが、弟が一人になれば困るということで断って来たという。だが昨年、弟は姉に嫁に行くことを勧《すす》めた。此度の縁談は姉も良いと思っていたのに、己のために断っていると察したらしい。

姉の夫は、弟も一緒に住むことを提案したが、弟はそれもやんわりと断った。姉にとって、そのほうが幸せだと思ったのだろう。弟は傘張りの仕事をしながらここで一人で住み、姉が日に一度様子を見に来るといったようになっていたという。

「任せとけ……」

弾馬は声を絞った。

「無茶です！」

店火消が叫んだ。酒がないと満足に働けないことを知っている訳ではない。すでに半ばまで食いちぎられている家に突入するなど火消でも難しい。しかも助けるべき者は歩けない。子どもならばまだ担《かつ》げるが、中にいるのはすでに二十歳を超えた大人《おとな》なのだ。

「戸にありったけの水を撒《ま》いてくれ」

格子の隙間から火が噴き出ており、入り口は炎に遮られている。あれだけはどうにかせねば、中に踏み込むことは出来ない。

命じた。

「頼む」

弾馬が続けて言うと、店火消は圧倒されたように頷いて、皆に水を撒くことを
――殿。

弾馬は煌々《こうこう》と炎に照らされた夜空に呼び掛けた。

人にはそれぞれの役目があると正弘は言った。己の役目は火消である。炎から人々の命を守ること。万全でも助け出せるか怪しい。今の状態ならば確実に死ぬ。それでも猶《なお》、己は行かねばならない。

「まもなく花村祐が来る」

「花陣……」

店火消が喉を鳴らした。

「全てを託すと伝えてくれ」

「そんな――」

間もなく入り口の炎は一瞬の間だけ収まる。その時に即座に飛び込むつもりである。制止を振り払い、弾馬は他の店火消から火消半纏、鳶口《とびぐち》を借りて帯《おび》に捻《ね》じ

込むと、水の張った手桶を震える手で持った。水も小刻みに波紋を立て、炎に照らされ強張った己の顔を歪《いびつ》に映している。

「よし……」

意を決し被ろうとしたその時である。何処かから己を呼ぶ声が聞こえた。はっとしてそちらを向く。

そこに立っていたのは、肩で息をする紗代である。

「紗代……何で……」

「忘れもん！」

瓢箪をぐっと前に差し出しながら近付いて来る。

「後で私が届けようと思ったのに……火事があったて聞いたから、絶対に向かってはると思って」

「お前が……？」

奉公人に届けさせるとかならば解る。だが、あの話の後、自ら届けようとするなど想像すらしてなかった。

「私の話も聞かんと、勝手なことばっかり言うて」

「すまん」

「私は決めたんよ。野条様の寂しそうな背中を見た時に。この人とずっと一緒にいようって。別に断られたからって構へん。独りでいるだけやし」

「俺はお前が幸せに――」

「勝手に私の幸せを決めんとって」

紗代は凜《りん》と言った。その真っすぐな眼差《まなざ》しに、弾馬はぐっと唇を嚙みしめた。

「行くんでしょう。止めても無駄やって知ってる。はよ行って」

紗代は瓢箪と交換に手桶を取ると、間髪《かんはつ》入れずに弾馬の頭にざぶんと水を掛けた。

「おい……」

びしょ濡れの弾馬は苦笑した。紗代も跳ね返った水に濡れてしまっている。

「はい、呑んで」

紗代は手をぱんと叩いた。

「いや」

弾馬は瓢箪を紗代に返した。先刻から不思議と震えが止まっている。

「帰ってからでええ。酒のあてに美味いもん頼む」

「それって……」

「そういうこっちゃ」

弾馬が答えた時、ちょうど入り口の炎が払われた。弾馬は入り口に向けて駆け出した。鳶口を腰間《ようかん》から抜き、戸を蹴《け》り飛ばす。流れる血まで沸きそうな熱さであるが炎は無い。外は炎に包まれていても、中にまで広がるにはかなりの時を要すのだ。ただ充満している薄い煙こそ厄介《やっかい》である。吸い込めば昏倒《こんとう》してしまうこともある。

弾馬は身を低くし、鳶口で先を確かめながら奥に進んだ。

「何処や！」

床に口がつくほど身を低くして叫んだ。

「うう……助け……」

生きている。弾馬はそのままの体勢で続けて呼び掛けた。

「身を起こすな。今から助ける。姉ちゃんが待っているぞ！」

弾馬は声の方向に向けて進んだ。鳶口の先に柔らかい感触を捉えた。

「よし。よく耐えた」

「立てないのです……」

「知っている。よかったな」

這って逃げようとしたらしい。結果、煙をほとんど吸い込んでいない。もし立てたとしたならば、今頃絶命しているはずなのだ。

「立てなくてよかったと初めて言われました……」

乾いた唇が微かに綻んだ。

「笑えたら十分や。行くぞ」

弾馬は濡れた火消半纏を着せてやると、床板近くでゆっくりと、大きく息を吸い込んだ。この一息で外まで出る。ぐっと歯を食い縛って担ぎ上げると、一歩、一歩と出口を目指した。視界は無い。ただ躰がもう覚えている。いつになく力が湧いて出て来る気がした。戻るべき場所があるということはこういうことらしい。

割れんばかりの歓声で、すでに外に出たことを悟った。目を開くと、そこには多くの火消たちがいた。淀藩火消、己の配下たちである。

「御頭！」

祐が駆け寄って来る。

「頼む。歩けへんのや」

配下の鳶たち数人で抱きかかえて遠くへと避難させる。

「ありがとうございます……ほんまに……ほんまに……」

姉は止めどなく涙を流しながら礼を言った。

「当然や。弟についてやってくれ」

弾馬は肩にそっと手を当てて頷いた。入れ替わりに祐が戻って来た。

「また無茶を」

祐が顎をしゃくると、配下が弾馬の火消羽織、指揮用の鳶口を持って来た。弾馬はそれを受け取って袖《そで》を通しつつ、

「それが火消や」

と、短く返した。

「聞きましたよ」

祐が眉を上げてにんまりと笑った。

「ほうか」

「さて、やりますか。西に広がりつつあります。かなり厳しい戦になりますね」

「お前がいる」

「お任せを」

配下は十の組に分かれている。そのうち火元には弾馬と四組、残り六組は広が

る火をぐるりと取り囲むようにと命じた。六組の指揮は祐が執る。祐は少し離れたところで、ふてぶてしいほどに怯まず待つ白秋に跨《また》がった。

「別働六組は、陣にて炎を取り囲む。これ以上は一歩も外に出すな！」

「応《おう》！」

馬上、祐が手を宙に滑らせた。

「本隊四組は俺と火元を叩く……」

弾馬は周囲を見渡した。野次馬《やじうま》がいる。が、そこに紗代の姿はもう無い。怖くて逃げた訳ではない。ただ、信じて待ってくれているのだろう。

「淀藩火消、呑み干したれ!!」

「応!!」

天を衝《つ》くほどの気勢、野次馬からも歓声が上がる中、淀藩常火消はぱっと散開して王城を荒らす魔物を狩るべく駆け出した。

七

師走《しわす》（十二月）に入り、ようやく当番月が終わった。あの日、蛸薬師で起きた火事は、六軒を全焼せしめ、四軒を半焼させたものの、翌払暁《ふつぎょう》には完全に消し止められた。死人は一人も出なかった。弾馬が救い出した男は軽い火傷を負っただけで済んだ。

当番の引継ぎを終えてすぐ、弾馬は緒方屋に向かった。江戸からまた新たに、料理のことを書いた文が届いたので、それを届けに行くためである。

文には返事が遅くなったことへの詫びが認《したた》められていた。かつて「炎聖《えんせい》」と呼ばれた伝説の火消が現われたなど、江戸でも大きな事件があったらしい。それは奥方の文とは別に添えられていた、

——あの男。

の文に書かれていた。それを己に報せてきたのは、江戸、京に拘らず、背後に大きな存在が蠢《うごめ》いており、それに気を付けろという意味が含まれているのだろう。

「来たで」

「弾馬さん、いらっしゃい」

ちょうど、佐平次は帳場で何かを指示しているところであった。蛸薬師の火事の翌日、弾馬は佐平次にことの次第を告げ、深々と頭を下げた。

己が出ていった後、火事が起きたことを知り、紗代が瓢箪を手に飛び出していった。佐平次はそれを見て、我が娘ながら逞《たくま》しさに舌を巻き、またこのような結末になるのではないかと何となく予想出来ていたようだ。

「気が変わっていませんか？」

佐平次は悪戯っぽく笑った。

「親がそれを言うか」

弾馬は苦く頬を緩める。年が明けて春が近づく頃、如月《きさらぎ》（二月）の非番月。弾馬は紗代と祝言《しゅうげん》を挙げることになった。佐平次は己が決心したことを跳び上がるほど喜んでくれた。

「あれの母親もそうでした。私のように尻に敷かれそうで」

「なるほど。そうやったか」

弾馬がこめかみを掻いた時、どたどたと廊下を走る跫音がした。姿を見ずとも判る。紗代である。

「旦那《だんな》様！」

「気が早い」

弾馬はまた苦笑し、奉公人、挙句は客までどっと沸く。

「もうすぐです」

「まあな。これ、江戸から」

紗代は文を手に取って目をきらきらとさせた。

「本当によく料理をご存じなのです。私も負けないように頑張らないと」

己があの男を強く意識していることを知っているからか、紗代としても奥方に負けていられないという思いがあるのかもしれない。

「無理やろ」

「まあ」

紗代は少しむっとした表情になった。

「人それぞれに持ち味があるもんや。お前も負けてへんことはある」

「たとえば？」

「酒の呑みっぷり」

「そんなこと」

「俺にとっては大事や」

弾馬はからりと笑った。あれ以降も酒は止めていない。が、呑まずとも火を恐れることはなくなったし、何より味が変わった。紗代も女だてらになかなかいける口で、共に酒を酌み交わす時が今の楽しみの一つになっている。

「弾馬さん、ちょうどええところに来てくれはりました」

二人のやり取りを微笑みながら見ていた佐平次だったが、思い出したように口を開いた。

「どうした？」

「まもなく火消のことで来客が」

緒方屋は近所の商家と共に、店火消を常時二十人ほど抱えている。昔は己もその中の一人であり、皆を取り纏めていた。だがこの夏、半数ほどが辞めた。己のように恐怖を乗り越えられる者もいれば、心が折れる者もいる。これが火消の現実である。

佐平次は新たに店火消を募《つの》っていたが、なかなか集まらずに困っていた。弾馬も知り合いに声を掛けたりもしたが芳《かんば》しくない。

「人手が足りへんからと、数を揃《そろ》えへんのではよろしくない。そこで一年の間、火消を借りることにしたんです」

「借りる？」

火消を借りるなど聞いたことがないので、弾馬は眉間《みけん》に皺を寄せた。

「昨日、打ち合わせをして、今日に証文を交わすことになっているんです。その御方がうちの後、弾馬さんを訪ねるつもりやと話しておられました」

「俺を？」

弾馬は首を捻る。火消の貸し借りも意味が解らぬが、それを取り仕切る男が己に何の用であろうか。そのようなやり取りをしていると、件《くだん》の男が暖簾を潜《くぐ》ってやってきた。

「お前か」

「こら手間が省《はぶ》けてええ」

大坂火消滝《たき》組の頭、「百滝《ひゃくたき》」の律也《りつや》である。火消としての顔の他、「椿屋《つばきや》」という屋号の損料屋《そんりょうや》の主人という顔も持ち合わせている。損料屋とは、いわゆる貸し業で、鍋、盥《たらい》、包丁などの日用品から、着物、褌《ふんどし》の一枚まで貸し出す。ただ椿屋はそこらの損料屋とは一線を画《かく》している。客が望むならば、それがいかなるものでも、

——必ず貸し出す。

と言って憚《はばか》らない。実際、これまで家、船、南蛮渡来《なんばんとらい》の珍しい機械まで貸したことがあり、城を貸せと言われても、椿屋ならばやり通すのではないかと言う者

さえいるほどである。

この律也が大坂火消になった経緯も、町の者たちに、

——安寧《あんねい》を貸して下さい。

と、頼まれたからであった。

「確かに。椿屋なら火消も貸せるか」

弾馬は得心して頷いた。ただ人を揃えるというだけでなく、教練の行き届いた鳶を派遣してくれるだろう。

「七人貸すことになりました。常火消の邪魔にはならん者たちです」

律也は薄い唇を綻ばせて続けた。

「何や、緒方屋の娘さんを娶《めと》らはるとか？」

「耳が早いな」

「必要なもんがあったら御申し付け下さい。大名が遣っている金盃でも用意させて貰います」

「普通でええねん。俺に用とはその話か？」

弾馬は手を顔の横で振りながら尋ねた。

「江戸の方々とまた会えるという話。覚えてはりますか？」

「ああ、技比べやな」

　ずっと頭の片隅にあったため、弾馬は即座に答えた。

　新庄藩火消が江戸に戻る時、そのような話があった。江戸のみならず、各地で火事が日増しに増える中、老中田沼意次《ろうじゅうたぬまおきつぐ》は火消のことを重く見ており、その育成に力を注ごうとしている。その中で火消たちに技を競わせて研鑽《けんさん》させようとしている。またそれを見た者たちが、憧れて火消を志してくれるのではないかという意図もあるらしい。その「技比べ」を、江戸で行うために着々と支度が進められている。

「紅白の二組に分けて競い合うとのこと。組の分け方は、江戸火消とそれ以外」

　火消の本場は何といっても江戸である。全国の火消の半数は江戸にいるだろう。他に火消を持つのは大坂、京、長崎《ながさき》、浦賀《うらが》、箱館《はこだて》などの幕府直轄地。これらは全て連合して一組となると聞いていた。

「江戸の方々はまだ知らされていませんが、こちらはそれぞれが離れているだけに、早めに支度をするようにと命じられています。私が世話役を」

「適任やろうな」

　恐らく全国の火消の中で、律也が最も財力があり人手もある。各地の火消と繋ぎ、打ち合わせるには最もよい人選であろう。

「種目は今のところ五つと聞いております。そのうち花形は指揮法。自身の配下五十人を率いて火事を模したものを鎮圧する腕前を競うというもの。各組から大将、副将、先鋒の三人を出します」

「面白そうや。俺が大将か？」

弾馬は平然と言った。江戸の火消ならともかく、各地の火消に己以上の男はいないという自負《じふ》はあった。

「私はそれでも構わんと思っています」

「なんや、奥歯にものが詰まった言い方やな」

「向こうは大将に加賀鳶《かがとび》、大音勘九郎《おおとかんくろう》を据えてくるものかと」

「なるほど。そういうことか」

律也の意図が解り、弾馬は口元を綻ばせた。

「副将は恐らく新庄藩火消、通称ぼろ鳶。率いるは松永源吾……どうです？」

ふふと律也は微笑んだ。

「俺を副将にしてくれ」

「そう仰《おつしや》ると思っていました」

「あー、めっちゃ楽しみやんけ。早くしろってせっついといてくれ」

「承知致しました」

律也はそう言うと、佐平次と証文を交わすために奥に消えていった。

「決着をつけるのですね」

そう言う紗代も興奮に頰を紅潮《こうちょう》させていた。

「ああ、どっちが上かやな。呑み干したる」

やはり人の縁とはおかしなものである。江戸の火消を好敵手と思うなど夢にも思わなかった。恐怖に打ち勝っただけではない。今の己にも帰るべき場所が出来た。次に邂逅《かいこう》する時は、さらに一段高みに上った己を見せられるだろう。舌を巻くあの男の顔を夢想しながら、弾馬は紗代に不敵な笑みを見せた。

第三話　三羽鳶《さんばとんび》

一

安永《あんえい》三年（一七七四年）も残すところあと一月《ひとつき》を切った師走《しわす》（十二月）の三日。その日も、町火消《まちびけし》め組の頭《かしら》を務める銀治《ぎんじ》は、自らの組の管轄《かんかつ》内を夜回りしていた。

夜回りとは、夜間に拍子木《ひょうしぎ》を打ちながら、火に対しての注意喚起《かんき》を行うもの。所謂《いわゆる》、

——火の用心。

と、呼び掛けるあれである。

夜回りは風が乾いて火事が起こりやすい冬にこそよく行い、夏場などはあまりなされないもの。しかも幾つかの組を作って輪番で行うのが普通である。

だが銀治は町火消になって一年ほど経《た》った頃から、この夜回りを一日たりとも欠かしたことはない。それは頭になった今も同じ。配下の火消は輪番にさせているのだが、銀治は毎日、その日の当番たちと夜回りに出かける。

頭が毎日夜回りをしているのに、自分は休んでよいのかと、初めのうちは皆が

気兼ねするのだが、

「これは好きでやっているのさ。皆は休める時に休むのも仕事だと思いなさい」

と、銀治は柔らかくかわす。己《おのれ》でも温厚な性格だとは思うが、言い出したら聞かない頑固《がんこ》なところもある。この夜回りなどはその最たるものである。

実際、好きでやっているし、ここまで習慣になってしまえば、むしろやらねば落ち着かないのだ。毎夜、提灯《ちょうちん》を腰に付けて夜回りをする。故に季節外れの蛍《ほたる》のようだと誰かが言い出し、名の一文字と合わせ、

――銀蛍《ぎんぼたる》。

の異名で呼ばれるようになった。

この夜回り、頭になった今では別のことにも役立っている。

夜回りは四人一組で行う。そこに銀治が加わって五人となる。め組は二百三十九人が在籍しているため、およそ二月《ふたつき》に一度当番が回ってくる計算である。

二百を超える配下がいれば、一人一人の話を聞いてやる機会はほとんどない。配下のほうからもなかなか話し掛け辛《づら》いだろう。だが五人で行う夜回りの途中ならば、自分以外の四人の深い話を聞いてやることも出来る。些細《ささい》な変化にも気付きやすい。

己は何というか、地味《じみ》な男である。それは自他《じた》共に認めるところ。絶大な統率力のある頭ならばともかく、銀治はこのように一人一人の変化に目を配り、さらにはその声に耳を傾《かたむ》けることが、組を取り纏《まと》めるための一番の方法だと思っている。夜回りはそのためにも欠かせないものとなっているのだ。

——黄金《こがね》の世代はやはり違う。

と、銀治は一月ほど前のことを思い出しながら拍子木を打った。

先月、江戸を震撼《しんかん》させた大きな事件が収束した。

かつて『炎聖《えんせい》』と呼ばれた伝説の火消がいた。伊神甚兵衛《いがみじんべえ》と謂《い》う。己の物心つくかつかぬ頃、およそ二十年前に二度死んだその男が実は生きており、復讐のために次々に火付けを重ねたという事件である。だが実際のところ甚兵衛は下手人《げしゅにん》ではなく、むしろ火付けを止めようとしていた。

その真実を暴《あば》き、あわや大火になりかねなかった火事を止めたのが「黄金の世代」と呼ばれる、己よりも十歳ほど上の火消たちである。

『八咫烏《やたがらす》』大音勘九郎《おおとかんくろう》、『火喰鳥《ひくいどり》』松永源吾《まつながげんご》、『菩薩《ぼさつ》』進藤内記《しんどうないき》、『九紋龍《くもんりゅう》』辰一《たついち》、『縞天狗《しまてんぐ》』漣次《れんじ》、『蝗《いなご》』秋仁《しゅうじん》。

天性のものか、はたまた時代がその力を与えたのか、それぞれ性質は全く違うものの、共通して人々を惹《ひ》きつける何かを持っている。これこそがいわゆる求心力であると銀治は思っている。

そのような黄金の世代だが、それでいて配下のことを見ていない訳ではない。むしろ細《こま》やかなほどである。もともとの兼ね備えた力に加え、一人一人に心を配れるからこそ、それぞれの組は絶大な力を発揮するのだろう。

故に、際立《きわだ》った力の無い己は、せめてよくよく配下のことを見て、理解する努力をせねばならないと思い極めていた。

「藍助《あいすけ》のやつ、しっかりやっているのですかね」

夜回りの最中、何気《なにげ》ない調子で配下の茂三《しげぞう》が言った。茂三は齢《よわい》二十四。八つに分けた小組の組頭《くみがしら》を務めている。藍助は茂三の組に属しているのだ。

「心配か？」

一声《ひとこえ》、火の用心と呼び掛けた後、銀治は訊《き》いた。

「ええ、まあ……いかんせん動きがあれなんで」

茂三は苦笑を零す。

今年、め組に入ったばかりの若鳶《わかとび》である。これまでは江戸に数ある火消組が銘々《めいめい》に鳶を採《と》っていたが、それだと資金のある組に優秀な人材が集中してしまう。そこで幕府の肝煎《きもいり》で「鳶市《とびいち》」なるものが開かれた。火消を志《こころざ》す者を一堂《いちどう》に集め、躰《からだ》の力を量《はか》る幾つかの技を競わせる。その後、各組がこれはと思う者に入れ札をして鳶を採用するのだ。他の組と札が重なった時は籤《くじ》で決める。こうすれば各組に均等に優《すぐ》れた者が行き渡ることになる。

件《くだん》の藍助を採るにあたっては、ただ一つの組とも競合しなかった。藍助は全ての競技において最下位の結果を叩き出したのだから無理はない。そんな者を雇う組はないと思われた。間もなく鳶市が終了する間際《まぎわ》、銀治がそっと手を挙げたのである。

「何故、藍助を採ったのですか？」

茂三は首を傾《かし》げた。案外《あんがい》、これまで誰にも訊かれなかった問いである。

「何だろう。目かな」

「目？」

茂三が鸚鵡《おうむ》返しに問う。

「何が何でも火消になるという必死さが見えたのさ。それに……昔の私に似ているからかな」

銀治はふっと笑い、ちょんと拍子木を打った。

己も物心がついた頃から火消になりたかった。別に大した理由がある訳ではない。江戸で暮らす子どもたちにとって、火消は憧《あこが》れの職の一つである。

だが銀治は腕力も、足の速さも人並み以下。では器用かというと、どちらかといえば不器用なほうである。同年代の遊び仲間、近所の大人《おとな》、挙句《あげく》は両親まで、誰もが無理だと言ったが、銀治は諦《あきら》めずに火消の組を訪ね回った。皆の予想通り、銀治は実に三十以上の組に断られた。が、め組の先代の頭だけが、

――詰まるところ火消は心だ。それがあるなら何とかなるさ。

と、受け入れてくれたのである。

銀治はそこから、毎日、毎日、修練を続けた。皆での教練が終わった後も欠かさず。ようやく並の火消くらいになった時、これも先代の勧《すす》めで夜回りをするようになった。身体を鍛《きた》えるには限界があるが、町の構造を知り、そこに住まう人々の暮らしを知るのに終わりはない。それに火消の本分《ほんぶん》は、火事があった時に消し止めることではない。火事を起こさせないことこそ真《まこと》の務めであるとも教えられた。

それから八年後、先代は火事場で死んだ。全身に火傷《やけど》を負って朦朧《もうろう》とする中で、

――銀治、跡目《あとめ》はてめえが継げ。

と、頭に任命されたのだ。

「藍助もきっといい火消になる。それに私には無いもの。いや、普通の火消には無い特別な才を持っているのは知っているだろう？」

銀治が言うと、それには茂三もすぐに頷《うなず》く。

「ええ、正直なところ、あれには驚きます」

藍助は火の動きが視《み》えるのである。燃えている建屋の外からでも、中の火の回りがどうなっているのか、今後炎がどう動くのかもぴたりと言い当てる。経験から来るものでないのは明らかで、特別な才を持って生まれたのは疑いようもなかった。

「松永様も驚かれるほどの才だ。大切に育ててくれと仰《おつしや》っていたよ」

新庄《しんじよう》藩火消頭取《とうどり》、松永源吾。火消番付《ばんづけ》西の大関《おおぜき》に載る江戸きっての火消で、この御方もまた黄金の世代の一人。その松永源吾が、藍助の才を見抜いたのである。

「だから藍助は新庄藩を望んだのでしょうな」

昨月の末、突如《とつじよ》として幕府から全火消にお達しがあった。

――本年に火消になった者は、師走より三月《みつき》の間、他の火消組に出向して研鑽《けんさん》すること。

と、いうものである。

火消組に入り場数を踏むほどに火消としての常識が出来上がっていく。それは良いことであると同時に、凝《こ》り固まった考えを持つに至ることもある。若鳶たちは火消になって間もなく一年が経つ。今のうちに自分の組だけでなく、他の組のやり方も学ばせようというのが目的だろう。

先月の伊神甚兵衛の事件では、藍助を含めた若鳶たちが活躍したが、かなりの無茶であったことも確か。早めに視野を広げさせたいという狙いがあり、大音勘九郎、松永源吾あたりが急いで献策《けんさく》して実施されたのではなかろうか。

出向する先の組は、若鳶自らが決めて良いことになっている。藍助は即座に、

――新庄藩で学びたいと思います。

と答え、一昨日から出向いているのだ。

「藍助と松永様の間には、何か浅からぬ縁があるようだ」

銀治は提灯の火を確かめつつ言った。

「御頭は何かご存じで？」

「いいや。ただ何となくね」

「新庄藩への出向を望んだ若鳶は多いと聞きます。恥《はじ》を掻《か》いてなきゃいいが……」

茂三は心配そうに漏《も》らした。

若鳶自身が出向先を決めて良いということで、幾つかの組に人気が集中している。その最たる組が加賀鳶《かがとび》。ここに全若鳶の三割ほどが殺到した。新庄藩、いわゆる、

――ぼろ鳶組。

も、加賀鳶ほどではないが人気があるらしい。

他には漣次の「い組」、秋仁の「よ組」などにも、かなりの若鳶が志願したとか。一方、実力の割に、辰一が率《ひき》いる「に組」にはたった一人の志願者もいなかったらしく、進藤内記の八重洲河岸定火消《やえすがしじょうびけし》にも一人だけしか行かなかったという。銀治の「め組」もまた、誰も来ていないが、それを恥じる気持ちは一切なかった。

「しかし、藍助もがっかりでしょうよ。目当ての松永様がいないってことだから」

茂三は苦く頰《ほお》を緩めた後、よく通る声で、夜の帳《とばり》が下りた町に火の用心を呼び掛けた。

新庄藩では頭取の松永源吾、頭取並《とうどりなみ》の鳥越新之助《とりごえしんのすけ》が不在らしい。火消は各組が連携して火を食い止めねばならぬこともあるため、頭やそれに次ぐ者が江戸を離れることになれば、事前に各組に通達することもある。これまでも松永源吾が江戸を空《あ》けることはあったが、頭取並の新之助まで同時にいないのは初めてのこと。なんでも駿河《するが》で行われる婚礼に招かれたのだとか。二、三年前ならなかったかもしれないが、今なら新庄藩火消は二人の不在を物ともしないと判断した上でのことだろう。現在は頭取代行として加持星十郎《かじせいじゅうろう》、補佐役に武蔵《たけぞう》が就《つ》いているとのこと。それでも両者とも番付上位の火消であるため、並の組に比べれば豪華な布陣である。

「加賀鳶も似たような感じらしいですね」

茂三はさらに続けた。

火消番付の最上位、東の大関たる大音勘九郎もまた江戸を出て、国元の加賀に行っているらしい。偉大な火消であった亡き父大音謙八《けんぱち》の法要だという。他に頭取並で一番組組頭の詠《ながめ》兵馬《ひょうま》、二番組組頭の清水陣内《しみずじんない》も同行しているとのことであった。

「両大関が江戸に不在。関脇《せきわけ》二人は……あまり頼りづらいから、私たちも一層気を引き締めていかないといけないね」

銀治はさらに強く拍子木を打ち、夜風を吸い込んだその時である。鼻孔《びこう》が微《かす》かな臭いを捉《とら》えた。何度も嗅《か》いで来たあの臭いである。

「火事だ」

銀治が静かに言うと、茂三ら四人がざわついた。

「しっ……」

目、鼻、耳、全てを駆使《くし》して火元を探る。風向きを鑑《かんが》みて、臭いがどこから流れてくるのかを読み、そちらを見つめると、早くも茫《ぼう》と明るくなっていた。

「二葉町《ふたばちょう》だ。茂三」

「はい。すぐに」

二葉町は、め組の管轄である。茂三は一人を連れてすぐに駆け出す。定火消《じょうびけし》が太鼓を打たねば、町火消は鉦《かね》を打ってはならないという掟《おきて》がある。馬鹿げた掟ではあるが、従わぬ訳にはいかない。故に一人は定火消屋敷に、もう一人がめ組を動員するために走るのだ。

「行くよ」

銀治は残る二人を引き連れ、火元を目掛けて走った。

二

二葉町は寛文《かんぶん》年間（一六六一～七三）には幸町《さいわいちょう》と呼ばれていたが、それぞれ別の理由で二度幕府に召《め》し上げられ、その度《たび》に町が作り直されたことから、

――二度芽吹《めぶ》いた町屋。

と、いう意味で二葉町と呼称《こしょう》されるようになった。

家数は百三十五と小さな町である。町に入った時には、すでにあちこちの家から火事に気付いた人が往来《おうらい》に出て来ていた。

「め組です。家財《かざい》は置いて逃げるように。道を塞《ふさ》いではなりません」

銀治は人々に呼び掛けながら走る。まだ火事の規模が如何程《いかほど》か判《わか》らない。だが次第によっては町全体にまで広がることもあり得る。

その時、家財を持ち出そうと大八車などを使うことで、往来がごった返して詰まるという事態が起こる。こうなってしまっては後になった者が逃げ場を失い、

また他から火消が応援に駆け付けても火元に到達出来ないことにもなりかねない。故にこうして改めて注意喚起《かんき》しているのだが、これがなかなか聞いてもらえないというのが実状である。人は命が最も大切だと頭では解っているのだが、一度手に入れた物や金を手放すとなれば俄《にわ》かに惜《お》しくなる生き物である。また自分だけは大丈夫だと、勝手な判断をしてしまう弱さも持ち合わせている。

「火元は空き家……」

気風《きっぷ》のよさそうな職人と、小綺麗《こぎれい》な寝間着《ねまき》を着た商人風《あきんど》が話しているのが耳に入った。今、燃えている家は、この二年ほど空き家になっていたとのことである。銀治にも心当たりはあった。

——火付けか。

空き家となれば、まずそのことが頭を過《よぎ》る。

江戸では年に三百を超える火事が起こる。その原因として何が一番多いかといえば、火付けである。これは毎年変わらないし、銀治が火消になる以前からもそうだったと先達に聞いている。

また火付けといえば怨恨《えんこん》を想像する者が多い。伊神甚兵衛の事件でもその憶測《おくそく》が飛び交《か》った。だが火付けの中で最も多いのは、愉悦《ゆえつ》のために火を放つというもの。そのような火に魅入《みい》られた者は、必ずといっていいほど毎年現れる。

理由は判らない。己がただ火消に憧れたことと似ているのかもしれない。火というものは、焦《こ》がれる者と、憎む者を同じほど生《う》み出す不思議な力があるのだろう。

そのような愉悦が目的の火付けにとっては、空き家は恰好《かっこう》の的《まと》になる。発見が遅れれば遅れるほど火は大きくなるし、己が逃げる時も稼《かせ》ぐことが出来るからである。

「これは……」

遠くからでもすでに炎が見え隠れしていたが、辻を折れてその全貌《ぜんぼう》を見て、銀治は息を呑《の》んだ。まだ火の手が上がって間もないのにかなりの火勢である。すでに両隣の屋根にまで、揺《ゆ》らめぐ炎が手を伸ばしつつある。

「これは私たちだけではどうしようもない。まずは人を逃がすように」

銀治が命《めい》じると、二人の配下は周りの野次馬《やじうま》たちに離れるように呼び掛ける。

その時、銀治は野次馬の顔をしっかりと覚えるように努めている。火付けの下手人というものは、何故《なぜ》か現場に戻る癖《くせ》を持つ者が異様に多いのだ。

下手人たちは概《がい》して、解散を呼び掛けた時に至極《しごく》残念そうに顔を歪《ゆが》めるか、あるいは素《そ》っ気《け》ないほど素直にその場を去るかのどちらかである。今、銀治が見る限り、それらしき者は一人としていなかった。

「御頭、これは……」

野次馬を下がらせた後、配下の一人が小声で囁《ささや》いた。

「ああ……中だね」

火付けの場合、大抵《たいてい》は家の外壁、あるいは外に打ち捨てられた物などに火を付ける。たとえ空き家であろうとも、管理する者がいて戸締まりがされており、入れない場合が多いからだ。

仮に入れたとしても、万が一にでも出て来るところを見られてしまえば、すぐに火付けの下手人だと特定されてしまう。外から火を放てば、その瞬間さえ見られなければ、初めに見つけた者としてまだ言い逃れは出来る。それでも相当に怪《あや》しいのだが、人の心とはおかしなもので、火付けという大《おお》それたことを為《な》しながら、逃げ果せるという望みを捨てきれないものである。

しかし、この火事。明らかに中から燃えている。火がどのように動いて行ったかを見るに長《た》けている藍助でなくとも、火消ならば一目瞭然であった。

「しかも、かなり早く強い」

火の回り方が、ただ柱や壁、床などの木が燃えるものではなかった。これは火が油を食っているとしか思えなかった。

「油を撒《ま》いた火付けですか」

「いや、これで火付けとは言い切れなくなった」

配下の問いに、銀治は首を横に振った。

中からの出火となれば、火消としてまず考えることは、

――中に人が取り残されていないか。

と、いうことである。

空き家だと思っていたが、実は誰かが住み着いていた。その者が何らかの理由、たとえば行燈《あんどん》を持ち込んで倒したなどで、まだ中に取り残されている。あるいは自暴自棄になって油に火を付けて自死を図《はか》った。この火の巻きようから見ると、失火というよりは、むしろ後者の線のほうが濃い。それでもまだ生きているかもしれないのだ。しかし銀治は、

「無理だ」

と、判断した。

この勢いだと、家の中は灼熱《しゃくねつ》の如《ごと》くなっているだろう。恐れている訳ではな

い。命を失うとしても救えるならば救いたい。だが銀治は己という火消を熟知している。膂力《りょりょく》、脚力、炎を見る眼力、瞬時の判断力、どれをとっても、これに立ち向かうには足りていない。大半の火消がそうであろう。敢《あ》えて例外を求めるとすればそれこそ、

——黄金の世代。

くらいではないだろうか。己ならば確実に死ぬ。そうなれば指揮を執《と》る者が不在となり、炎は広がり続ける。却《かえ》って多くの命を危険に晒《さら》すことになる。

「隣の家に水を掛けて時を稼ぐしかない。数が揃ってから叩く」

「はい」

銀治が冷静に下した決断に、配下の者は素直に応じた。

それから間もなく、め組の火消二百余人が到着した。地の色は銀鼠《ぎんねず》。銀の背に縦《たて》に並んだ二筋立ての線、その間に小ぶりの菱《ひし》の目が連なった柄《がら》。め組の半纏《はんてん》である。

定火消が太鼓を打った次の瞬間には、め組も鉦を鳴らして出動。どこよりも早く駆け付けて消口《けしぐち》を取った。銀治は皆に向けて状況を説明した後、ゆっくりと見渡した。次の己の一言で皆が一斉に動き出す。号令を待っているのだ。

　この時、銀治はいつも思う。八咫烏ならば、九紋龍ならば、菩薩、縞天狗、蝗、そして火喰鳥ならば、この時の一言で配下の士気《しき》を最高潮まで持って行く。その高揚ぶりに、周囲の野次馬も思わず歓声を上げてしまうほど。これが選ばれた才を持つ頭と、そうでない頭の一番の違い。しかし、銀治は彼らを妬《ねた》むことも、無才の己に拗《す》ねることもない。地道に努力して少しでも彼らに近付く。その結果、江戸一番になれずともよい。十番でも、二十番でも、ただ助けを求める人を救えれば。

「め組、焦《あせ》ってしくじるな。黙々《もくもく》と消せ」

と、命じた。皆が応《おう》と声を上げた後、それぞれの持ち場につく。

まず火元から風下三軒目に纏《まとい》番《ばん》を上げて、崩すべき家を示す。

続いて水番《みずばん》に命じて風上は隣家、風下は二軒隣の家を濡らす。最新式の竜吐水《りゅうどすい》ではなく、すでに十年以上も使っているものだが、丁寧に手入れをして今なお現役である。

　そして壊し手を繰り出す。この頃には大名火消、町火消み組も駆け付ける。め組の属している二番組には、も、せ、す、ろ、百、千組がいる。ただ三番組の、み組のほうが距離も近く、常日頃から連絡を取って助け合う約束をしているのだ。お上《かみ》が決めた火消の体制は完璧ではなく、このように現場での工夫が大火を未然に防いでいるのは確かである。

「応援が来た。押し切るぞ！」

銀治が声を張るのに、め組の面々が応《こた》える。ここからは一気呵成《かせい》に攻め続けて、火の周囲の家を取り除《のぞ》いた。移る場所のなくなった火は恨《うら》めしそうに揺れ、やがて水を浴《あ》びせられて萎《しぼ》んでいった。

三

鎮火したのは寅《とら》の下刻（午前四時過ぎ）である。ここから残り火がないかを確かめねばならない。別に決まっている訳ではないが、それをするのは最初に現場に辿《たど》り着いた火消組。この場合、め組だった。

火事場の検分を行う役人である火事場《かじば》見廻《みまわり》も共に入る。死人がいないか、何処《どこ》に如何にして火が付き、回ったのかを調べるのだ。最も早く到着した組が残るのは、その時の様子を詳しく聞き取るため。あとはその火消組の者が火を放った可能性も捨てきれないため。実際、自ら火を放ち、自ら消すことで手柄にしようとした火消も過去には存在したのである。

火事場見廻は柴田七九郎《しばたしちくろう》と謂う。熟練だが居丈高《いたけだか》なところが玉《たま》に瑕《きず》で、火消と度々《たびたび》衝突を繰り返している。だが銀治は誰とでもそつなく付き合える性格である。柴田との関係も良好で、頼りにされることも多い。

その柴田、数々の火事場を見て来ているが、

「これは……」

と、焼け跡の光景に絶句《ぜっく》した。め組の鳶たちも同じで、皆が息を忘れたかのように硬直した。銀治も確かに驚きはした。が、皆ほどではない。

——やはり。

と、いう思いも半分あった。

空き家なのに火が中から出たこと、異様なほど火の回りが早く勢いも強かったこともある。しかし、消火の最中も、何か常の火事とは違う奇妙さを感じていたからである。こうして焼け跡に踏み込み、己の勘は間違っていなかったと確信した。

「五人……か？」

柴田が独り言《ひとりごと》のように呟《つぶや》いた。

異様である。骸《むくろ》が五つ、一所《ひとつところ》に、肩を寄せ合うようにして並んでいた。いずれも消し炭《ずみ》の如く黒く変じており、生きていた頃の姿を思い描くのはかなり難しい。特有の、火消が最も嫌う異臭が鼻を衝《つ》く。新米であろうか、耐えきれずに離れて嘔吐《おうと》する火事場見廻の下役もいた。

「銀治……」

柴田に呼ばれ、銀治は共に骸に近付いた。瓦礫《がれき》が散乱しており、焼けた木片を踏むことになる。その音もまたこの光景に不気味《ぶきみ》さを添えた。

「近所の者は間違いなく空き家であったと言っています。すでにお話しした通り、中から燃えており、さらに火の回りも早いものでした」

「無宿者《むしゆくもの》が住み着いていたか」

読んで字の通り、帰るべき家を持たぬ浮浪者である。近年、各地で飢饉《ききん》が起こっているせいで、このまま田畑を耕しても死を待つだけだと、職を求めて江戸に出て来る者が後を絶たない。江戸の町が広がって人が増えたことで、様々な職が生まれたということもある。

とはいえ、全員が上手《うま》くその口に就《つ》けるはずもない。出て来たはいいものの、職に溢《あぶ》れ、家もなく、橋の下や、寺などに住み着く無宿者は増加の一途を辿っている。その無宿者が、空き家に住み着いていたと柴田は見たのであった。

「二人は女……のようにも思います」

銀治は屍《しかばね》から目を逸《そ》らさずに言った。

皆が真っ黒に焼けていることから、一見して男女の区別は判じがたい。だが五つの屍のうち、二つは明らかに小さいように思える。またこれも焼けて判りにくいものの、小柄な骸のそばに落ちている燃え残りは、櫛《くし》のように見えた。

無宿者はほとんどが男。女が皆無《かいむ》という訳ではないが、ほぼいないと断言しても良い。そもそも農村から出て来るのは大半が男であること。女ならばまともな職に就けなければ、その身を売ることを選ぶ者が多いからであろう。

「ふむ。ならば空き家を使って、この者らは何か密談でもしていた。その途中に誤って行燈を倒したか……」

一脚だけ行燈があった。これが元からこの空き家にあったものか、それともこの者らが持ち込んだものかは判らない。これが倒れて火事になったのではないかと柴田は見立てた。

確かにその線はある。だが銀治は一つ、おかしなところに気が付いている。

「逃げようとした様子がありません」

「煙を吸い込んで卒倒《そっとう》したのではないか?」

柴田は即座に返答した。流石《さすが》に多くの火事場を見ているだけはある。火事では火に巻かれて死ぬより、煙で息が出来なくなって死ぬ者のほうが遥かに多いのである。煙で気を失いそのまま焼け死んだという場合も含めれば、その数はさらに多くなるのだ。

「その線も捨てきれませんが……それにしては、屍が集まり過ぎている気がしませんか」

仮に行燈が倒れたことによる失火としよう。一緒にいれば誰かが必ず気付く。即座に逃げ出せば、五人ともに助かっただろう。

空き家を勝手に使っていたことが露見せぬため、五人で消そうとし、その途中に煙を吸い込んで倒れたとすればどうか。それだとしても、ここまで屍が一所に密集することは考えづらい。

「確かに。つまり残すところ考えられるのは……」

「心中《しんじゅう》と見てよいかと」

銀治が言うと、柴田も頷いた。

この五人の素性《すじょう》も、関係も、皆目《かいもく》判らない。ただ当初から共に死ぬつもりであった。このような心中もまた、火付けほどではないものの、一年を通して間々あることである。

「そのように伝える。消えた五人家族がいるかもしれない」

火事場見廻の仕事は検分である。この後は奉行所や火付盗賊改方《ひつけとうぞくあらためかた》の仕事。この間に失踪した五人家族がいないかということから、まずは調べることになるだろう。

すでに大方《おおかた》の見解は定まった。柴田も配下を引き揚げさせようとしたが、銀治に向けて、

「どうかしたか？」

と、訊いた。銀治がまだ一歩も動かず、屍を見つめ続けていたからであろう。

「何か……引っ掛かるのです」

この五つの屍、まだ何かがおかしい。そう銀治の経験が告《つ》げている。が、それが何か、己でもはきとしないで困っているのだ。柴田も己がそう言うならば蔑《ないがし》ろにはしない。二人で寄ったり、引いたり、向きを変えてみたりするが答えは出て来ない。ただ見れば見るほど、

――何かがおかしい。

と、思えてしまって仕方がない。

「柴田様、今日一日、此処《ここ》をこのままにしてもよいでしょうか？」

「奉行所や火盗改《かとうあらため》にも見せるか」

押し込みの線がある場合など、捕方《とりかた》にも現場を見せることはある。柴田はそうすると思ったらしい。

「いえ、他に見せたい御方が」

「それは……」

関わりのない者に現場を見せるのは、本来ないことである。躊躇《ためら》いを見せる柴田に向け、銀治は言葉を補った。

「火消です」

火消ならば全く関わりがない訳ではない。似たような手口の火付けが別の管轄で起こっていた場合、その地を守る火消に見せることもある。他にも優秀な火消の見解を求めることもあった。

「加賀鳶か」

「いえ」

「では、ぼろ鳶か」

柴田は顔を歪めた。柴田は新庄藩と特に反《そ》りが合わないと聞いている。とはいえ、早々に名を出すあたり、その実力を認めてはいるらしい。

「いえ、町火消の……」

銀治がその名を口にすると、柴田もなるほどと得心《とくしん》する。雲雀《ひばり》たちの囀《さえず》りに包まれる中、銀治は五つの屍に向けて手を合わせ、今少しこのままにすることを心中で詫《わ》びた。

四

鮫ケ橋谷町《さめがばしたにまち》にある「け組」の詰所《つめしょ》には、毎日、多くの人々が訪れる。少なくとも五人、多ければ二十人を超える日もある。これは他の火消組では、あまり見られない光景であろう。

「よし、これで心配ない」

け組の頭の燐丞《りんじょう》は、微笑《ほほえ》みを浮かべて言った。

「本当にありがとうございます」

三十路《みそじ》と思《おぼ》しき母親は何度も頭を下げ、子にも礼を言うように促《うなが》した。

「御頭《おかしら》さん、ありがとう……」

子は齢《よわい》八つ。目尻にまだ涙の跡が残っている。

今朝、子どもが足を滑らせ、上がり框《がまち》に頭の後ろを打った。打ち所が悪かったか、それとも相当激しく転んだのか、頭がぱっくりと割れてしまったのだ。頭からは血が夥《おびただ》しく出始め、母は手拭いで押さえて止めようとしたが、あっという間《ま》に真っ赤《か》に染まってしまう。これはいけないと思い、すぐにここまで連れて来たという訳だ。

急を要すると見た燐丞は、並んでいた他の者に待って貰《もら》うことにした。

まず焼酎《しょうちゅう》で洗って傷口を確かめた。これは放っておいても血は止まらないと診《み》るや、すぐに火で炙《あぶ》った針《はり》と糸で傷口を縫《ぬ》い合わせた。子どもであるから、痛みや恐怖にも敏感である。燐丞は傷口を縫い合わせる間、涙を流す子どもに、

――もうすぐ終わるからね。強い子だ。あと二十数えれば終わる。

などと、ずっと努めて優しく話し掛け続けた。そして今、縫い終えた後に傷を綺麗に清め、治療を終えたのである。

「よく頑張った。偉《えら》いな」

「うん……」

子どもが腕で目を擦《こす》りながら頷く中、燐丞は母に語り掛けた。

「五日ほど後、もう一度来て下さい。傷が膿《う》んでいないかを確かめたいので」

「解りました」

「その後、傷口が塞《ふさ》がり次第、糸を抜きましょう」

「えっ……また痛いの？」

子どもが敏感に反応したので、燐丞は目尻に皺《しわ》を寄せて首を横に振った。

「全然。私がやれば痛くないから」

「よかった」

子どもはほっと胸を撫《な》で下ろす。

「そのかわり、それまでは沢山《たくさん》動くのは控えてね。遊ぶのも少し我慢だ。約束出来るかい？」

「約束する」

「じゃあ、お大事に」

燐丞は微笑みを浮かべながら言った。

前夜に火事のなかった日、教練の時間を除いて、燐丞は詰所の一角で怪我人や病人を診ている。人々が「け組」の詰所を訪ねるのはこれが理由である。

「あの……今、持ち合わせがなくて……」

母親は心苦しそうに口籠《くちご》もった。

「いつでもいいですよ」

燐丞はにこりと笑った。己はあくまで火消であって、これが本業ではない。本心では一切銭《ぜに》を貰わずとも構《かま》わないと思っている。ただそれだと、近隣の町医者に通う者がいなくなってしまう。故に、最低限の銭だけ貰うようにしている。その銭も、別に飲み食いに使う訳ではなく、今使った針や糸などの道具、あるいは薬、医術の本を買うために使っている。

「次の方を入れて下さい」

母子が再び礼を述《の》べて出て行くと、燐丞は入り口に立つ配下の鳶に向けて言った。

鳶たちも当然、これが本業ではない。ただ全員が己の想いに賛同してくれており、輪番で手伝いをしてくれている。中には、自分も本気で医術を学びたいと思い、燐丞に教えを請《こ》う者も出て来ている。この上なく喜ばしいことで、燐丞も空いた時間を使って教えてやっている。その甲斐《かい》もあって、け組の鳶の中には、簡単な縫合や骨折の処置が出来る者が十人ほどもいる。

「お願いします」

次の患者は四十がらみの職人だった。昨日から躰《からだ》がだるく、食い物もあまり喉《のど》を通らないらしい。

「風邪ですね。水を沢山飲んで寝て下さい。二、三日でよくなると思います」

些《いささ》か熱もある。加えて幾つかの問いを投げかけ、脈を取ってそう診断した。

「寝ているだけでいいので？　葛根湯《かっこんとう》を出してくれませんか？」

職人は不安そうに尋ねた。

「薬は無暗《むやみ》に呑めばよいというものではないのです。寝ているだけで治りますから心配せずに。もし三日経っても熱が引かなければ、またいらして下さい」

「はあ……」

職人はやや不満そうに零す。

人には自らを治す力が備わっている。薬を用《もち》いずに治すに越したことはない。だが患者というものは、安心を求めて何らかの処置、薬の処方をして欲しがるものである。それに付け込んで余計な薬を出し、銭を得ようとする町医者なども多いのが現状なのだ。しかし、燐丞はそのようなことは一切していない。

「温かくしてゆっくり眠って下さい。お代は結構です」

丁寧に説明したことで、職人は一応納得して帰っていった。このような時、燐丞はいつも、

——難しいな。

と、自らの未熟さを思う。

燐丞は町医者の家に生まれた。元々、上総一宮《かずさいちのみや》の生まれである高祖父が医者を志《こころざ》し、上方《かみがた》で医術を学び、晩年に江戸に出て町医者を開業した。曾祖父、祖父もまた幼い頃から医術を学び、その頃にはすでに町医者の域を超えるほどに医術を高めていた。

そのような家に生まれた父もまた医者となるのは必然であった。父は代々受け継いだ医術をさらに進め、三十歳になった頃には、その道ではつとに知られた高名な医者になっていた。町人でありながら、大名家の藩医が意見を求めに来ることも珍しくない。かつて一度だけだが、御典医《ごてんい》もお忍びで、父の見解を聞きにきたこともある。

燐丞の生家は、本道《ほんどう》である。本術《ほんじゅつ》とも呼ばれ、いわゆる内科のことだ。漢方では内科が医術としては最高であり、故に本道という名で呼称される。

一方、先ほど燐丞がやった縫合などの外科は、漢方の中では一段も、二段も下

に見られている。眼医者などになればさらに下に見られ、本道の医者の中には、医術の範疇《はんちゅう》に含まれないとすら思っている者も多い。

父も本道においては実力、実績、共に申し分のない人であったが、他の医術を見下すところが多分にあった。怪我人が救いを求めに来たとしても、

——来る場所を間違えている。

と一顧《いっこ》だにせず、追い返すような人であった。

燐丞はそのような父の姿勢に、早くから疑問を抱くようになった。父は己の地位をさらに高めることにも奔走《ほんそう》していた。燐丞は専《もっぱ》ら祖父に師事《しじ》しており、父と離れていたからこそ疑いの目を持てたのだろう。

燐丞と父はほかにも考えの違いがあった。厳密には、父と祖父に違いがあり、燐丞は祖父の影響を色濃く受けたのだ。それというのが、

——南蛮《なんばん》の医術を取り入れるか否《いな》か。

と、いうことである。

祖父は南蛮の医術に着目し、老境に到《いた》ってさらに勉学に励んだ。漢方にはない南蛮の技を取り入れることで、より多くの人を救えると考えたのである。

だが父は否定的であった。本道の医者の中には、南蛮の医術を得体《えたい》の知れぬも

のと頭ごなしに拒《こば》む者が多い。自らの立場を脅《おびや》かすことになると、薄々気付いていたに違いない。それほど南蛮の医術は進んでいたともいえる。そのような本道の医者たちとの付き合いがあるから、父は南蛮の医術を取り入れることを嫌がったのである。

——医者の本分は命を救うこと。全てを等《ひと》しく診るべきである。

祖父は燐丞に常々《つねづね》語っていた。しかし父はそれとは程遠い生き方をしている。今思えば、祖父は父の育て方に悔いを残していたのだろう。その分、燐丞に向け、自らが思う医の神髄《しんずい》とは何かを教えようとしたのかもしれない。

燐丞が十一歳の頃である。祖父と共に飯田町《いいだまち》にある薬種問屋に行った帰り、火事の現場に遭遇した。その時、初めて火消の活躍を目《ま》の当たりにしたのである。

その時の火元は、貧相な長屋であった。病人が取り残されているということで、火消の頭らしき者が助け出そうとしていた。まず驚くほどに若い。まだ二十歳を越えて間もないのではなかろうか。

運び出された病人が火傷を負っていたり、病《やまい》が悪化することがある。祖父は何か役に立てるかもしれないと、その頭に手助けしたいと申し出た。するとその若い頭は、

——助かります。離れてお待ち下さい。

と頭を下げ、指揮を執り続けた。

その時、その頭に話し掛けた者がいる。絹の着物を身に着けていることから、明らかに裕福な者なのだろう。話の端々《はしばし》が漏れ聞こえてきて、近くの富商だということが判った。

その富商の家にも足の悪い父親がいる。先にそちらを助けて欲しいと頭に訴えた。頭は長屋の方が危ない。先にそちらを助けてから必ず向かうと約束した。だが富商は取り乱しながら、銭をたんまりと弾《はず》むからと付け加えた。

すると頭は、ずいと足を踏み出して富商を睨《にら》みつけ、

——命に重いも軽いもねえ。

と、怒気《どき》を露《あら》わにして言い放った。

その姿を見た時、心が激しく震えたのを燐丞は今も覚えている。その後、その頭は長屋の病人を救い出し、続いて富商の父も助け出した。幸《さいわ》い二人とも火傷はなく病も悪化することもなかったため、祖父の出番はなかったが、頭は何度も礼を言ってくれた。その時に頭は、

——もしいつも火事場に医者がいれば、救えた命はもっとあったかもしれませ

んね。

と、言った。その頭からすれば何気《なにげ》ない一言だったのだろう。だがそれが燐丞の行き先を決定付けた。

燐丞は十四歳になった春、父に火消になることを告げた。父は初め唖然《あぜん》とし、後に烈火《れっか》の如く怒った。繰り返し説得したものの無駄であった。

そのような時、祖父がこっそりと居室を訪ねて来た。祖父はまず燐丞が火消になりたいと思った訳が、あの日の頭の一言にあると見抜いた上で、

――燐丞、お主《ぬし》のやり方で救えばよい。

と背中を押し、慈愛《じあい》の溢れる笑みを向けた。燐丞が家出同然で飛び出したのは、その翌日のことである。そして丁度、怪我で引退する者が出て、新たに鳶を募《つの》っていた「け組」に飛び込んだという次第であった。

祖父が世を去ったのは、それから半年後のことである。燐丞は臨終《りんじゅう》の時に立ち会うことはおろか、葬儀にすら出ることが出来なかった。ただ後に祖父と親しくしていた者から、燐丞は己などよりももっと多くの人を救うだろうと、嬉しそうに語っていたという。

燐丞は懸命に火消の修練に打ち込みながらも、医術を学ぶことも止めはしなか

った。それこそ寝る間を惜しんで励《はげ》んだ。

そして、け組に入って僅《わず》か三年、十七歳の時に小組頭に抜擢《ばってき》され、続いて二十歳の時に副頭となった。頭の許しを得て、け組の詰所で診療所を開いたのもこの時である。それからさらに二年後、頭が足に大怪我を負い、日々の暮らしを送るには問題ないものの、足を引きずることになってしまった。これも燐丞がもしすぐに手当てをしなければ、確実に足を失っていた。最悪の場合は死に至ることもあっただろう。

その時、燐丞は頭から指名され、二十二歳でけ組の頭となり、その年の番付にも初めて載ることとなった。その時に記された番付の異名は、

──白毫《びやくごう》。

である。白毫とは、仏の眉間《みけん》の少し上に生《は》えているという長く白い毛のことである。仏はここから光を放ち、この世を照らしてくれるという。

燐丞が命を救った者の中に、仏への信仰が篤《あつ》い者がいたのだろう。読売《よみうり》書きの文五郎《ぶんごろう》の聞き取りに対し、まるで火事場で御仏《みほとけ》が生きる光を与えてくれたようだと語ったらしく、そのような大層《たいそう》な二《ふた》つ名《な》が付けられたらしい。気恥ずかしくはあったが、そんなふうに思ってくれるのは、正直なところ嬉しくもあった。

こうして燐丞はけ組の頭として、火消組の強化に努めつつ、さらに診療所も続けているという訳である。また患者を一人診て送り出した後、

「頭、少しよろしいでしょうか」

と、診療所に入って来た者がいる。水番の半次郎《はんじろう》である。半次郎は元新庄藩の鳶である。新庄藩火消組の立て直しの時、越前《えちぜん》から出稼ぎに来て雇われた者の一人で、府下《ふか》でも三本の指に入る水番、武蔵の薫陶《くんとう》を受けていた。昨年、け組の水番がやむにやまれぬ事情で辞めた。水番はなかなか育てるのに時がかかる役職である。かねてより半次郎の腕前には注目しており、新庄藩に頼み込んで移ってきて貰ったという訳である。

「どうした？」

「頭を訪ねて、め組の銀治さんが来られています」

「銀治さんが？」

燐丞は首を捻《ひね》った。己とほぼ同期の火消で、先日の伊神事件の時も共に戦った火消である。火事場で会えば話はするが、このように訪ねて来たのは初めてのことだった。

「何やら急ぎのようです」

半次郎は顔を曇《くも》らせた。

「急ぎの患者はいないな」

診療所の当番の鳶に確かめると、銀治に入ってもらうように告げた。時を置かずして、銀治が姿を見せた。半次郎が言ったように、普段は落ち着いている銀治の顔に焦りの色が浮かんでいた。

「燐丞さん、お忙しいところ申し訳ありません」

「何かあったのですか？」

燐丞は単刀直入《たんとうちょくにゅう》に訊いた。

「少しご足労《そくろう》頂けないでしょうか」

「火事……と、いう訳ではないのですね」

火事ならばこのような問答をしている間も惜しむはずであるし、何より太鼓や鉦が鳴るはずである。そもそも「め組」と、「け組」では管轄も離れている。

「昨夜、私の管轄で火事が起きました」

「それは耳にしています」

「死人が五人出ました……」

「そうですか……」

燐丞は静かに答えた。火事で死人が出たということが如何なることか。火消ならば痛いほど解る。

「その五人の屍を、燐丞さんに見て頂きたいのです」

「屍を……？」

燐丞が怪訝《けげん》に思って尋ねると、銀治は詳《つまび》らかに仔細《しさい》を語った。それを聞き終えると、燐丞は顎に手を添えて唸《うな》るように言った。

「なるほど。その屍が何かおかしいと」

「そうは思うものの、それが何か判らないのです」

「急ぎですね」

「はい。いつまでも仏をそのままにしておく訳にも……」

「そうですね。半次郎」

あと二人、並んでいる患者がいた。一人は捻挫《ねんざ》、一人は腰痛ということである。これならば己でなくとも、医術を教えた他の鳶でも診ることが出来る。半次郎にその者たちを呼ぶように走らせ、患者たちに詫びを入れ、燐丞は銀治と共に詰所を出た。

五

「私でも判るかどうか……」

道すがら、燐丞は不安を吐露《とろ》した。人の躰には並の者よりも精通していると自負《じふ》しているが、火消としては己より上の者は沢山いる。

「松永様にも頼ってはどうです？」

燐丞は提案してみた。半次郎の古巣、新庄藩の火消組頭取。これまで配下と共に、数々の難事件を解決に導き、難局を乗り越えて来た人である。そしてかつて燐丞が火消を志す因となった「若い頭」とは、何を隠そう定火消の頭を務めていた頃の松永源吾であった。その後、松永源吾は火消を一度は辞したものの、新庄藩火消頭取として鳳凰の如く蘇《よみがえ》った。今も燐丞にとっては、

――最も憧れる火消。

なのだ。半次郎の腕を知ることが出来たのも、松永源吾率《ひき》いる新庄藩に注目していたのが切っ掛《きか》けであった。きっと松永様なら、如何なることにでも相談に乗ってくれると思った。

「それも考えたのですが、松永様は……」

「そうでした」

銀治が言うと、燐丞は掌《てのひら》に拳《こぶし》をぽんと打ち付けた。

松永源吾が江戸を離れているのをすっかり失念していた。加賀鳶の大音勘九郎も同様。今、府下を代表する二人の火消が江戸に不在なのである。

そのような話をしているうちに、二葉町の現場に着いた。火事場見廻の柴田は上役への報告のために一度戻っているらしい。配下の同心《どうしん》、下役たちが現場を取り囲むようにして守っていた。

「中に」

銀治は役人たちに話を通すと、燐丞を焼け跡に導いた。同心も見立てを聞き取れと柴田に言われているのだろう。帳面と筆を持ちながら後に続いた。

柱や梁《はり》は黒焦げになっており、燻《いぶ》された屋根瓦が散乱している。そして火事場特有の臭いのほか、火消が最も嫌うあの臭いも含まれているのを燐丞はすぐに感じた。

奥の六帖間があったであろう場所に、何枚かの筵《むしろ》が折り重なるように掛けられている。二人で暫《しば》し手を合わせて拝《おが》んだ後、銀治が筵を取り払った。

「なるほど……」

「どうでしょう」

位置を変えながら屍を見る燐丞に、銀治は上目遣いに尋ねた。

「まず三人が男。二人が女です」

「やはり身なりから？」

「いえ、喉仏《のどぼとけ》です」

銀治にはその考えはなかったらしく、なるほどと小さく呟いた。

「触《ふ》れても？」

背後に付いて来ている同心に向け、燐丞は確かめる。同心が頷くと、燐丞は屍にそっと触れた。

屍そのものへの恐ろしさは微塵《みじん》も感じない。それよりも検《あらた》める際に、屍を傷付けてしまうことのほうが恐ろしかった。燐丞は丁寧に触れていく。

「一人目の男は町人。恐らくは四十歳以上ではないでしょうか。かつて左足を折ったことがあります」

「何故《なぜ》、判る……」

同心が目を見開いて驚く。

「月代《さかやき》の跡で髷《まげ》の形がおおよそ判ります。燃えた髪の色が褪《あ》せて見えることから、この者は総白髪《しらが》のようなので四十歳以上ではないかと。よい医者に掛からなかったのでしょう。左足の骨が曲がってくっついています」

「なるほど」

「続けても?」

「よろしくお願い致します」

同心の声には早くも尊敬の念が滲んでいる。銀治が頷くのを確かめると、燐丞は語りを続けた。

「二人目の男は武士です。髷もありますが、親指の付け根に傷跡のようなものが見えます。これは恐らく居合いの修練などで傷付けたのでしょう。歳ははきとは判りませんが、二十歳以上の大人であることは間違いありません」

燐丞は立ち上がりまた屈む。

「三人目の男は仏門に入っている者、あるいは無宿者ではないでしょうか。いわゆる毬栗《いがぐり》頭です。十年以上前に右目の光を失っています。眼球が萎《しぼ》んでいるのがその証左。この症状は何故か二十から三十の間、飛んで五十以上に多い。つまりこの仏の歳は三十から四十、あるいは六十以上。爪《つめ》や指の節《ふし》を見るにまだ若く、恐らくは前者と思われます」

「なるほど……」

同心が感心しきりで筆を動かす中、燐丞はさらに屍との会話を続けた。

「一人目の女、これは首に何かの痕《あと》が……何者かに絞《し》められたのか……」

「では、すでに死んでいたと？」

同心の問いを、燐丞は手で制して続けた。

「そう決めるのは早いかもしれません。縄のようなもので絞められた痕に見えるが、首の骨が折れた様子はない。首を括ろうとしたが、梁が折れた、縄が切れた、あるいは怖くなって止めたということも有り得ます。髪から見るに町人、恐らく齢は十五から三十。これも爪と指の骨からです」

燐丞は最後の屍に寄り添うと、静かに腹に手を触れた。

「六人……ですね」

「まさか」

「はい。腹に子が宿っています」

皆が息を呑む中、燐丞は屍の口をそっと開けて言葉を継いだ。

「鉄漿《おはぐろ》はなし。つまりそういうことかと。歳の頃はこれも十五から三十」

「これでかなり絞れる」

同心は筆を動かしながら何度も頷いた。

「燐丞さん……これは……」

銀治が言葉を詰まらせた。燐丞には、銀治が何故かこの段になって激しく動揺しているように見えた。

「はい。家族による心中ではないようだ。五人に共通するものが何もない」

「それで私はおかしいと感じたのか……いや、しかし。何か他に……」

銀治が独り言を零す中、燐丞は首を横に振った。

「多分、違うでしょう。この仏たち。一人ずつ見る分には何もおかしくない。ただ五人が並んでいるとおかしいことがあります」

燐丞は現場に入り、まず気が付いた。恐らく銀治もこれに違和感を持ったのだと見ている。銀治、同心が見守る中、燐丞は膝《ひざ》を伸ばすと、この現場最大のおかしな点を述べた。

「火事が起こった時、四人は生きていましたが、一人はすでに死んでいたものと見ます」

「なっ……」

「やはり一人目の女が？」

同心は絶句し、銀治が鋭《するど》く訊《き》いた。

「いえ、二人目の武士と思しき男です」

燐丞は一呼吸置き、順を追って説明を始めた。

「火に巻かれて死んだ者は、必ず顔を覆うように躰を縮めるものです」

燐丞は両脇を締めて顔の前に腕を掲げてみせた。熱さから逃れようとして躰が勝手に動く。今まで多くの屍を見て来たが、漏れなくそうである。

「なるほど……」

銀治も言われて気が付いたらしく何度も頷いている。

「唯一の例外が、先に煙で意識を失った場合です。しかし、この四人の仏たちは皆が際《きわ》の際まで意識があったようです」

燐丞は一つの仏を見つめながら続けた。

「だが、この男だけは違う。腕や足は躰の前で曲がっているだけ。これは実は火葬にされた亡骸と同じなのです。一人だけ煙を吸い込んで昏倒《こんとう》したとも思えません。つまり火が出た時には、すでに死んでいたと考えられます」

「確かにそれです」

銀治がはきと言うと、燐丞は頷いてさらに推測を重ねた。

「残りの四人……煙を最後まで吸わなかったということは、端《はな》から寝そべっていたのではないでしょうか」

「それはつまり？」

「死を覚悟していたということ。心中です」

「しかし、先ほどは……」

「その通り。歳の頃も、身分も違う。どうも家族とは思えません。そこは私にも……謎《なぞ》と言うほかありません」

整理するとこうである。五人のうち、四人までは死の直前まで意識があったからこそ、熱さに苦しんで顔を覆うように躰を縮めた。にも拘《かかわ》らず、逃げようとした形跡もないし、煙を吸い込んだとも思えないため、十中八九《じっちゅうはっく》心中の類《たぐい》だと思われる。だがどうも家族でもないし、共通する点は今のところ見受けられない。残る一人だけ煙を吸って気を失ったとは思えず、考えられるのは当初から死んでいたと考えるのが最も自然。と、いうことである。

「何か訳あって内輪《うちわ》で揉《も》め、四人で男を殺し、火を放ったという筋書きはどうでしょう」

銀治の推理に対し、燐丞は首を捻った。

「あり得なくはないでしょう。しかし、争ったような痕跡《こんせき》が無いのです」

斬られたり、刺されたりしたような刀傷も、鈍器《どんき》でもって殴打されたような傷も、首を絞められたような痕跡も無いのである。ほかに考えられるのは毒殺だが、わざわざこの空き家に集まり服毒させたとも考えにくい。

「私に判るのはここまでのようです」

燐丞は二人を交互に見てそう結ぶと、

「十分だ。助かった」

と、同心が謝辞《しゃじ》を述べた。

この後、柴田にこのことを伝えて取り纏めた後、奉行所、火付盗賊改方などの捕方にも伝達するという。つまり事故だけでなく、事件であることも視野に入れるということである。

二人は焼け跡を後にした。構わないと言ったのだが、銀治は送るといって聞き入れない。故に帰りも二人で連れ立って歩くこととなった。陽《ひ》は大きく西に傾き始め、仕事を終えて家路に就く者もいる。道中、銀治はそのような人々から、

「銀治さん、この前はありがとう」

だとか、

「また寄ってくれよ」

などと頻繁《ひんぱん》に声を掛けられ、その度に挨拶を返したり、少し話したりしていた。燐丞はそれに深く感心して言った。

「町をよく回られているのですね」

「そのくらいしか取り柄《とえ》がないもので。頭として恥ずかしい限りです」

本心からの言葉であろう。銀治は苦笑しながら言った。

「小さいようでとても大きなことだと思います。勉強になります」

燐丞もまた心からの言葉を掛けた。すると銀治は唇をぎゅっと結ぶ。何かを言おうかどうか迷っているように見えた。燐丞は敢えて何も尋ねず、茜色に染まる銀治の横顔を見つめながら次の言葉を待った。

「この事件を追おうと思います」

「仏の中に誰か知り合いが？」

「何故、それを……」

銀治ははっとして振り向いた。

「やはり。子を宿していた女ですね」

あの時、銀治は動揺したように見えた。その前から疑っていたが、子を宿していたことで確信に変わったかのようだった。

「まだ確かではありません……間違いであって欲しいと思っています」

銀治はぽつぽつと語り始めた。

め組の詰所の近くに、希恵《きえ》と謂う女が住んでいる。齢は十九。もともとは両親と共に暮らしていたのだが、昨年に父は病で、母は勤めていた商家が火事になり死んでしまった。両親を立て続けに亡くしても気丈《きじょう》に振る舞っていたが、父が相当な借金をしていたことが判明した。

希恵はその借金を返すため、掛け茶屋で懸命に働いていたが、それだけで返せるはずもない。銀治は希恵を見かける度、

――困ったことがあれば言って下さい。

と声を掛けたが、希恵は心配ないと返すのみ。銀治も借金を肩代わりしてやれるほどの貯えがある訳ではないし、それをすればきりがないという思いもあり、結局は何も出来ずにいたらしい。

やがて半年ほどした時、よからぬ噂《うわさ》が立った。希恵が躰を売っているというのだ。真相は判らない。ただ明らかに希恵の顔が曇っていくのだけは見ていて感じ

ていたらしい。

今から数日前、道で希恵に遭《あ》った。その時、希恵は顔を真《ま》っ青《さお》にしてしゃがみこんでおり、口元を押さえていたという。

――医者に行くか。

と、銀治は声を掛けたものの、希恵はこの時も心配ないという一言を残し、小走りで去って行ったらしい。その時、銀治はもしやと思っていた。

そしてこの事件である。燃えかすとなり、薄《う》っすらと分かる着物の柄にも見覚えがあった。だが同じような着物など幾らでもある。自分に言い聞かせていたが、燐丞の一言で確信を強めたのだという。

「少しでも皆の力になりたいと思い、町を見回り続けています……しかし、一介《いっかい》の火消に出来ることなど……でもあの時、希恵さんを追い掛けていればと……」

銀治は声を詰まらせた。その頰には一筋の涙が伝っている。

「せめて真相を……と、いうことですね」

燐丞が言うと、銀治は自嘲《じちょう》気味に笑った。

「大音様や松永様ならばまだしも、私なんかがとは思います。しかし、この件は解き明かしてやりたいのです」

「解りました。私も共に追いましょう」

「えっ……」

銀治は吃驚《きっきょう》して足を止める。

「銀治さん、足を止めずに」

「それは……」

「多分、尾《つ》けられています」

燐丞は囁くように言った。恐らく数は四人。見た目はやくざ者のようである。火事場から離れて暫くして気が付いたので、どうもこの事件に絡《から》んでいるように思える。

「何故？」

銀治は足を動かしつつ小声で訊く。

「さあ、何故でしょう。火事場見廻ではなく、こちらを尾けるのか……考えられるのは、盗み聞きでもしていたということでしょうか」

火元となった空き家は完全に焼け落ち、壁もない。一応、火事場見廻が見張りを立てていたが、半焼した隣家、もしかすると往来からでも、耳を澄ませば話が聞こえたかもしれない。己が的確に仏のことを話すものだから、何者かを確かめようとしているのではないか。

「闇が深そうです」

燐丞が静かに言うと、銀治は低く答えた。

「やはり……」

「いえ、私も乗ると決めたのです。しかし、荒事となると私はからっきしです」

「こっちもです」

銀治は頬を歪めつつ首を横に振った。

「仕方ない。力を貸して貰いましょう。このまま行きます」

「誰を……？」

「私たちの世代で、最も荒事が得意な人です」

燐丞は眉《まゆ》を開いて息を漏らし、家路とは別の方向に辻を折れた。それで銀治も誰か判ったらしく二度、三度頷く。やはり男たちは尾けてくる。今は往来に人も多いが、陽が沈めば仕掛けて来るかもしれない。それまでに目指す場所へ辿り着くように、燐丞は怪しくない程度に足を速めた。

六

陽が沈んでからぐっと冷え込んで来たが、単純に人が多いからか、明るい声が飛び交っているからか、部屋の中は暖かい。

柊《ひいらぎ》与市《よいち》は皆を見渡しながら箸《はし》を口に運んだ。与市には弟が二人、妹が三人おり、己も含めて六人きょうだいである。夕餉《ゆうげ》の膳を前に、皆が口々に話しながら箸を動かす。庶民ならばともかく、武士の家ともなれば黙々《もくもく》と食するものであろうが、柊家はいつも賑《にぎ》やかである。流石に度が過ぎると思った時、

「少し静かに頂きなさい」

と、窘《たしな》めるのは長女の菊《きく》である。

十年前に母が他界《たかい》して以降、菊はずっとその代わりを務めてくれている。十八歳と妙齢《としごろ》になっているが、未だに嫁《よめ》にはいっていない。だが、縁談の口が無い訳ではなかった。

長年、母の代わりをしてきただけあって家事はお手の物であるし、家計のやりくりも上手《うま》い。兄の贔屓目《ひいきめ》なしでも器量《きりょう》もよいと思う。そんな菊だから、むしろ

是非にという申し入れは多かった。勧《すす》めてはみるものの、菊はいつもきっぱりと断る。当人がそこまで言うのだからと、与市もそれ以上強くは勧めずにいる。弟や妹が一人前になるまではという思いが菊にはあるのだろう。

「まあ、いいさ」

与市が言うと、菊はわざとらしく目を細めた。

「兄上はいつも甘いから」

「心配ねえさ」

弟妹たちも外では教えた通りにきちんと武家の作法を守っていると聞いている。むしろ行儀が良いと褒《ほ》められることも多い。

「だいたい、俺もだぜ？」

与市は苦笑して続けた。幼い頃から町人と過ごした時が長いため、与市もどだい武士らしくない話し方である。それでも上役の前では、いちいち考えずとも武家言葉で話している。

「今更《いまさら》、難しいでしょう」

と、口を挟《はさ》んだは次男の東次郎《とうじろう》である。齢《とし》は二十歳。目元は涼《すず》やかで肌が白いのは母に似たのだろう。奔放《ほんぽう》な己と違って、きょうだいの中でも最も大人《おとな》しい。

どちらかというと与市よりも、東次郎のほうが長兄らしい性格である。

東次郎は学問に優《すぐ》れており、幼い頃から藩の中でもその秀才ぶりは有名であった。与市としては何処《どこ》か養子の口を探さねばと思っていたが、東次郎は一昨年に部屋住みの身でありながら藩の納戸方《なんどかた》の一人に取り立てられた。これには与市も驚き、喜び、安堵《あんど》したものである。

「東次郎兄さんまで」

菊は不満そうに唇《くちびる》を尖《とが》らせた。

「ほら」

「え？」

「菊も兄上のことは『兄上』と呼ぶが、私のことは『東次郎兄さん』と呼ぶだろう？」

「そうだけど」

「でも外では二人とも『兄上』と呼ぶ。そういうことだよ。きっと、どの家も似たようなものだと思う」

家の内と外で使い分けていることがあるのは菊も同じ。それは別に柊家に限ったことではないだろうということだ。言い包《くる》められて菊は苦笑する。これも幾度となく見て来た家族の光景である。

「私は賑やかなほうが好きだけどね」

木具膳《きぐぜん》に椀《わん》を置きながら言ったのは、十五歳の次女、彩《あや》であった。陽気であるが、勝気な、所謂《いわゆる》はねっ返り娘である。与市はこの彩がきょうだいの中で、最も己に似ていると思う。

「彩は賑やか過ぎるのです」

菊がぴしゃりと言うが、彩は怯《ひる》むことなく顎を向ける。

「だって、そのほうが楽しいでしょう」

「そんなこと言っているから……」

縁談が纏《まと》まらない。そう菊が言うより早く、彩は生意気に言い返す。

「姉上も一緒じゃない」

「もう。私は違うの」

「だって、頼りない人ばっかりなんだもの」

彩も年が明ければ十六となる。こちらもこれまでに縁談は二、三あった。だが彩もまた全く乗り気ではなかった。こちらの理由は菊とは少々異なり、単に縁談の相手が気に入らないのである。申し込んで来た家の息子は、大人しく、真面目《まじめ》で、線が細い者たちばかり。むしろ彩の気性を知った家中の者が、頼りない息子にはそれくらいのほうが良いと思って申し込むのだろう。だが彩はにべもなく、

――そんな青瓢箪《あおびょうたん》はいや。

と、一蹴する。

柊家よりも家格の高い家からの縁談話の時は、不自由ない暮らしが送れるようになると与市も含めてきょうだい皆で説得したが、結果は同じ。彩にとってはどうでもよいことらしい。

では、どのような者を好むか尋ねると、豪快にして闊達《かったつ》、それでいて飄々《ひょうひょう》としているような人であるという。武芸に長けていればなお良し、さらには火消が望ましいのだとか。

「新庄藩の鳥越新之助などどうだ？」

与市が名を挙げると、

「あり」

と、彩は不敵《ふてき》に笑う。家柄も影響しているとは思うが、彩は火消が大好きで、江戸の有名な火消の名は全て諳《そら》んじている。それだけでなく、鎮火後に練り歩く火消行列を見物に出かけることもあるのだ。

「でも、あいつ見合いがどうのとか言っていたな……」

「えー、残念。じゃあ、他にする」

「最近のお気に入りは？」

与市がにやにやしながら訊いた時、

「慶司《けいじ》だよね！」

と、三男の岐三太《きさんた》が声を上げた。齢《よわい》十三の食べ盛りで、与市、東次郎が同年の頃よりも丸い。菊は食べ過ぎだと言うのだが、堂々たる体軀《たいく》だった祖父も昔は丸々としていたらしい。そして十五、六の頃からぐんぐんと背が伸び、六尺（約一八二センチメートル）を超えると、引き締まった筋骨隆々《きんこつりゆうりゆう》の巨軀になったという。きっと岐三太もそうなるのではないかと、与市は密かに思っている。

「慶司？　に組のか？」

「兄上は別に相手が武家じゃなくてもいいって言っていたじゃない」

「いいけど。あいつ馬鹿だぞ？」

「分かってないなあ。その真っすぐなところがいいの」

「へえ。辰一に……いや、宗助《そうすけ》に一度話してみるか」

「止めて。別にそういうことじゃないから」

彩が一転して恥ずかしそうにした時、あっと声が上がる。末妹の晴《はる》が手を滑らせて椀の汁を溢《こぼ》してしまったのだ。晴は今年で十一歳になる。

「もう。岐三太と話してばかりいるから」

菊がすぐに立って布巾《ふきん》で拭く。

「ごめんなさい……」

「もうお代わりはありませんよ」

「晴、俺のを食え」

与市はそう言って、椀を差し出した。

「兄上、ありがとう」

晴は顔をぱっと明るくさせた。菊は溜息を零《こぼ》すが咎めようとしない。これまでもずっと、このようにしてきょうだいは支え合って来たのである。

柊家は代々、仁正寺《にしょうじ》藩の火消頭を務めてきた。家禄は百五十石。一万七千石の仁正寺藩の中では中堅といったところである。

江戸に火消というものが誕生して以来、その人気はうなぎ上りで未だに衰《おとろ》えるところを知らない。特にこの二、三十年は町火消が台頭してきて、その人気は武家火消を凌《しの》ぐ。彩のように武家の娘であっても、町火消に憧れる娘は多いのだ。

ただ武家火消にも人気の家はある。その最たるものが加賀藩前田《まえだ》家擁《よう》する加賀鳶であろう。実力、人気、共に群《ぐん》を抜いている。

では仁正寺藩火消はどうかというと、その道では知る人ぞ知る火消の名家であった。

百年ほど前、三代藩主の市橋信直《いちはしのぶなお》が、

——当家は火消に力を入れる。

と、家中に宣言した。

その理由は大きく二つある。まず一つは仁正寺藩上屋敷の立地である。仁正寺藩上屋敷にほど近い神田佐久間町《かんださくまちょう》は、江戸でも一、二を争うほどの火事が頻発する場所であった。あまりに火事が多いため、悪い魔物が住んでいるのではないかと噂《うわさ》され、

——悪魔町《あくまちょう》。

と、呼ばれるほどであった。この悪魔町への備えという意味で、信直は火消に力を入れたのだ。それは功を奏し、仁正寺藩の近所にある谷田部《やたべ》藩の上屋敷などは、これまでに五度も焼けている。だが仁正寺藩はただ一度、享保《きょうほう》の初めに焼

失したのみであった。

　勿論、自らの上屋敷を守るだけではない。大名火消は別に八丁《はっちょう》火消などとも呼ばれ、周囲八町を火事から守ることを定められている。仁正寺藩火消は近隣の町を守り続けてきたし、時には八町の外にまで出て人々を救うこともあった。

　二つ目の理由は、仁正寺藩が何というか、

——地味。

であるからだ。仁正寺藩は特筆すべき作物が収穫出来る訳でもなく、貴重な産物を持っている訳でもなかった。領地も海に接していないため、海の幸や、塩を取ることも出来ない。

　木工がやや盛んであったが、どこにでもあるようなものである。それも名も知れぬ藩のものより、著名な藩のほうが売れるというのが現実であった。

　信直は分家の出身で千石の旗本の家に生まれた。そこから本家の仁正寺藩の養子に入ったのである。故にその現実がよく見えていたのだろう。何とか仁正寺藩の名を売らねばならないと考えた。とはいえ、泰平《たいへい》の世で武名を上げるのも難しい。そんな時、幕府から一斉に諸大名に火消の整備が命じられ、

——今からならば十分に諸侯に伍《ご》して名を売れる。

と、考えたらしい。命を守る火消を売名に使うといえば聞こえは悪いが、それで実際に多くの人々を救えるのだから、悪いことであるはずがない。結果、仁正寺藩火消はどの時代でも一定の活躍を見せ、

「あの火消の家の」

などと、商人たちへの通りも良くなり、商いでもやや有利に働いている。

その仁正寺藩火消が一躍名を轟《とどろ》かせたのは、柊家の先々代、与市の祖父古仙《こせん》の頃であった。古仙は身丈六尺、胸が盛り上がり、腕は女の腰回りほどある巨漢であった。その躰を駆使《くし》した怪力で、瓦礫《がれき》を掻《か》き分けて多くの人々を救った。また組を束ねる頭としても頗《すこぶ》る優秀であり、耳を塞《ふさ》ぐほどの大音声《だいおんじょう》で指揮を執ることから、

——海鳴《うみなり》。

の異名で呼ばれ、火消番付も最高で東の関脇《せきわけ》、江戸で第三位まで上った。だが、古仙の真に凄いところは他にある。

火消は短命である。まず二十、三十で殉職する者が多く、生き残ったとしても四十を超えれば引退する者が殆《ほとん》どである。五十を過ぎてまだ火消で通用する者など片手ほどしかいない。だが古仙は六十を超えてもなお火事場に立ち続けたので

ある。まるで三国志演義の老黄忠《こうちゅう》のようだと言われていたのを覚えている。

与市の父も火消であったが祖父古仙の体軀、才は引き継がなかったらしく、こういっては何だが凡庸《ぼんよう》であった。その父は十二年前、炎の周りの早さを読み違えたことで、古仙に先んじて火事場で散った。

母は末娘の晴を産んだ翌日、苦痛を訴えてそのまま逝《い》ってしまった。与市ら残されたきょうだいは古仙の手で育てられた。古仙は豪快な性格で、

――飯は明るく食うのが一番美味《うま》い。

と、いつも語っていた。きっと両親を失って塞ぐ孫たちを、少しでも元気づけたかったのだろう。そのように育てられたからこそ、柊家の食事は今も賑やかなのだ。

古仙は優しかったが、火消のこととなると厳しい人であった。その古仙から与市は火消のいろはを叩き込まれた。与市への厳しさは、配下へのものとは一線を画《かく》していた。訓練の最中、与市は幾度となく嘔吐したほどである。

――命を背負うとはそういうことだ。

古仙は常々そう語っていた。炎に襲われる庶民だけではない。配下の命も預かる者として、誰よりも訓練に励まねばならぬという意味である。

与市は懸命に古仙から技を吸収し、後を継いだ今では江戸でも指折りの火消に数えられ、火消番付も西の小結《こむすび》まで上っている。

古仙が教えてくれたのは火消の技だけではなかった。古仙は若い頃から武術にも天稟《てんぴん》を見せ天武無闘流《てんむむとうりゆう》の達人であった。天武無闘流は剣の流派ではない。柔《やわ》像系と呼ばれる投げや絞めの柔術や、剛像系《こわてし》と呼ばれる突き、蹴りの拍打術《はくだ》、他に長棒、半棒、鎖鎌《くさりがま》、手裏剣術まであり、その中に剣術や、居合いも含まれるのである。

持前の腕力に武術の技が加わるのだから、古仙の強さは常軌《じょうき》を逸《いっ》しており、老《お》いてなお、あの最強の町火消と謳《うた》われる辰一を取り押さえたことがあるほどであった。

古仙は、その天武無闘流も与市に教え込んだ。古仙のような怪力ではないものの、与市はこちらも筋が良かったらしく、めきめきと上達した。古仙いわく剣術は同程度、柔術、拍打術は与市のほうが上回ったらしい。

中でも古仙が唸《うな》ったのは手裏剣術である。与市の躰《からだ》で、唯一古仙より優れているのは肩の力であった。加えて指の感覚が人よりも相当に優れているらしい。銑《せん》鋧《けん》と呼ばれる棒手裏剣を用いるのだが、それで二十間（約三十六メートル）離れた的の中心を射貫くことも出来た。

この強肩と指の繊細さは火事場でもおおいに役立ち、与市は水を張った手桶を、一滴も溢さずに遠くの屋根の上に投げ上げる。

――凪海《なぎうみ》。

の異名で呼ばれるようになったのは、どうやらそれが理由らしい。

らしいというのは、読売書きが名付けた訳ではなく、まして与市本人が名乗った訳でもない。いつの間にか、巷《ちまた》でそう呼称されていたのだ。

与市は己でも普段は軽妙で明るい性質《たち》だと思うが、火事場となれば一気に口数が減る。故に喚《わめ》き散らしていた古仙の二つ名である「海鳴」との対比から、誰かがそのように呼び始めたという線も有り得る。

その古仙も今から八年前の明和三年（一七六六）に他界した。いかに剛健《ごうけん》といえども、病には勝てなかったらしい。時が許す限り、与市は古仙の側に居続けた。古仙は死の間際まで、江戸のことを心配していた。

辰一、漣次、秋仁がいるため日本橋界隈《にほんばしかいわい》はまず心配ない。ただ江戸全体を見渡せる火消となれば大音勘九郎しかいない。進藤内記はもはやあてにならない。せめて松永源吾が戻って来てくれれば――云々《うんぬん》。

ある日、古仙は目を覚ますと、

「どうやら今日、儂《わし》は死ぬ」

と、言った。そのようなことが判るものかと疑っていたが、夕刻になると本当に脈が弱まり、息も浅くなって来たのである。太鼓、続いて半鐘の音が鳴り響いたのはその時だった。

「行け」

「では」

「与市、あいつらを頼む」

古仙と交わした言葉はそれが最後となった。与市が火事を消して戻ったのは子《ね》の刻（午前零時）。ほんの半刻（約一時間）前に古仙は息を引き取っていた。

その後、与市は仁正寺藩火消をさらに鍛えた。途中、藩主が火消組への費えの削減を言い出すなどの難局はあったが、仁正寺藩火消の評判が意外と良いことも伝わったようで、うやむやになって立ち消えた。

七

「兄上が一番と思う火消は誰なの？」

先ほどの話題の流れで、ふいに彩が訊いた。案外、これまで訊かれたことがなかった問いである。

「そうだな。そりゃあ——」

与市は答えかけて途中で止めた。

「兄上」

昨今はお役目が忙しく疎《おろそ》かになってしまっているが、東次郎もまた天武無闘流を教えられている。己と同じく気付いたらしい。

「ああ、菊」

「はい」

菊も察しが付いたらしく、彩、岐三太、晴の三人に食事を切り上げさせ、奥の部屋に連れて行こうとする。その時点で彩も凡《およ》そのことが判ったようで、頰《ほお》を引き攣《つ》らせていた。

「東次郎、後ろを」

「承知しました」

その時には与市、東次郎は共に刀を腰に捻じ込んだ。外に気配がしたのだ。ししかも一人ではない。このような刻限に来訪者とは不審だった。押し込みやもしれない。

きょうだいが多いこともあり、上屋敷近くの町屋で暮らす柊家を押し込みが襲うとは思えなかったが、あまりに不穏な気配がしたのだ。

「ただ、うちは何も盗《と》るもんねえぞ」

与市は柄《つか》を確かめつつ苦笑した。

「自慢になりませぬな」

「お前が出世してくれよ」

「解りました」

兄弟でそのような軽口を叩きつつ土間に降り立った。どちらともなく頷き合う。今から声を掛けるので、いきなり踏み込んでくるかもしれないという意味だ。

「誰か」

与市は低く訊いた。

「柊様ですか？」

何と、すぐに返答があった。その声に聞き覚えはあったが、まだ与市は緊張を解くことはなかった。

「うちはみんな柊さ」

「仁正寺藩火消頭、柊与市様を」

「誰だ？」

「銀治です。め組の」

「おお、銀治さんか」

町火消め組の頭、銀蛍の銀治である。管轄が離れているため顔を合わせることは少ないが、つい先月、伊神甚兵衛事件の時に火事場を共にしたばかりだった。

「こんな刻限にどうした？」

銀治であったとしても油断は出来ない。何者かに脅《おど》されているかもしれないのだ。実際、気配はもう一つあった。

「柊様、燐丞です」

「け組のか」

町火消け組の頭、白毫の燐丞。こちらもまた先月の事件で、共に炎と戦ったばかりである。

「二人か」

与市はさらに訊いた。確かに戸の前には二人しかいない。だが薄っすらとであるが、他に気配も感じるのだ。

「いや……何というか」

銀治の声に焦りの色が含まれている。

「なるほど。開ける」

与市は閂《かんぬき》を外して戸を開いた。そこには銀治、燐丞が並んで立っている。どちらも顔を強張《こわば》らせており、燐丞はちらりと背後を見た。

「入りな。東次郎、頼む」

「はい」

東次郎が二人を招き入れる中、与市は外に出て目を凝《こ》らした。やはり気配がする。が、暫《しばら》くするとそれが消えた。与市は家の中に入ると閂を掛ける。

「いきなり押し掛けて申し訳ありません」

銀治は心底悪そうに頭を下げた。

「尾けられたな」

「判るので？」

と、燐丞が眉を開く。

「ああ、胡散臭《うさんくさ》い気配が幾つかしていた。今は離れたようだが、また戻ってくるかもな」

「流石です」

「何があった」

「兄上、まずは上がって頂きましょう」

東次郎が勧めたので、与市は頷いた。声を掛けると、菊も皆を連れて戻って来た。ただ晴だけが襖《ふすま》の陰からちょんと顔を出し、

「悪い人が来たの？」

と、声を潤ませた。

「いいや、大丈夫だ」

「あっ――」

銀治と燐丞に気付き、晴は表情を引き攣らせた。

「心配ない。この人たちは……」

「め組の銀治さん、け組の燐丞さん、でしょう?」

彩が先んじて言ったので、与市だけでなく二人も驚いている。

「よくご存じですね。夕餉の途中なのに、急にお邪魔して申し訳ありません」

銀治は丁寧に詫びた。

「驚かせてごめんね」

一方、燐丞は優しく晴に呼び掛ける。人見知りの晴であるが、どうした訳か燐丞が言うと、もう怖くなくなったようでひょこりと入って来た。

「きょうだいが多いのですね」

燐丞はそれにも驚いたらしく皆を見渡す。

「ああ、俺を含めて六人だ」

「末の弟様ですか。古仙様によく似ておられます」

「だってよ。よかったな。岐三太」

「うん!」

古仙が死んだ時、岐三太はまだ幼かった。火消の技も、天武無闘流も教わっていないため、優しい古仙の印象のみが残っており、きょうだいの中でも特に憧れが強いのだ。

「奥に行く」

「お任せを」

「承知しました」

東次郎、菊と順に答える。

三人で車座《くるまざ》になったところで、与市は単刀直入に切り出した。

「何があった」

「実は……」

銀治はことの顚末《てんまつ》を具《つぶさ》に語った。全てを聞き終えると、与市は顎に手を添えて唸る。

「なるほど。それで俺のところへ」

「申し訳ありません。咄嗟《とっさ》に思い付いたのが柊様だったので……」

「いや、頼ってくれたのは嬉しいさ」

「如何《いかが》……思われますか？」

それまで黙していた燐丞が口を開いた。

「五人のうち、一人はもともと死んでいたというのは？」

「間違いありません」

燐丞ははっきりと断言した。焼け跡から見つかった五人の骸のうち、一人は火が出るより前から死んでいた。となると、二人を尾行して来た者たちは十中八九、

「その一人に関係しているだろうな」

「私も同じ考えです」

銀治が答え、燐丞も頷いて同調した。

残る四人は取り合わせも奇妙で知人である線すら薄い。仮に知人であったとしても、何のために空き家にいたのか。一人が死んでいたとすれば、考えられるのは四人が殺して火を放ったということ。そして尾行してきた連中は何者なのか。考えれば考えるほど謎が出て来る。

「さて、どうするか」

与市が胡坐《あぐら》を組んだ膝を叩いた時、銀治が真剣な眼差《まなざ》しで身を乗り出し、

「共に探って頂けないでしょうか。厚かましいことは重々承知して――」

「当然だ」

「真ですか」

与市が考える間もなく即答したので、銀治は驚いた様子である。

「どちらにせよ、火をよからぬことに使っているのは間違いないだろう。禄《ろく》でもねえ」

「ありがとうございます」

「今日は取り敢えず俺が送る。今、火事があれば、ふた組とも頭不在になっちまう。皆も心配しているだろう」

火事はいつ何時起こるか判らない。朝といわず、今すぐにでも戻りたいのは二人も同じで頷きが重なった。

「まずは五人の身元だな」

与市は言った。探るならばまずそれを知りたい。特に元々死んでいたと思われる一人の身元を知ることは必須である。

「それは私が」

銀治が答えた。め組の管轄内での事件である。子を宿していた女が希恵だとして、他の四人が近隣の者とは限らぬが、まずは近くから探るのがよいだろう。さらに銀治は火消には珍しく、火事場見廻とも上手く付き合っているらしく、身元が割れたら聞き出せるだろうということであった。

「二人とも暫くは一人で動かないほうがいい。昼でも五人、夜なら十人というと

「ころか」

「そんなに……」

「尾けてきた連中の中に、新庄藩の鳥越新之助や、加賀藩の一花甚右衛門のようなやつがいれば、五人くらいならばしてのける。十人ならばまず仕掛けて来ないだろう」

二人とも府下で十指《じっし》に数えられる剣客《けんかく》である。

「解りました」

「今、出来ることはもうない。五日後に集まろう。場所はめ組でいいな」

火付盗賊改方も奉行所も無能ではない。その頃には一人や二人の身元が割れ、火事場見廻にも伝わるだろうと読んだ。

「承知しました」

「じゃあ、送るとするよ」

与市は立ち上がって支度をした。両刀を差すのは当然のこと、念の為に銑鋧を五本、懐に忍ばせた。

家族には戸締り、合言葉なくして戸を開けぬことを厳命した。東次郎は与市が戻るまでは起きていると答えた。

与市は二人を連れて家を出た。澄み切った冬空に星が瞬《またた》いている。気配は感じなかった。まずは近い燐丞を、次に銀治を送り届ける。め組の詰所は、仁正寺藩上屋敷からは遠く、その時にはすっかり夜半を回っている。

今、出来ることは何もない。与市は二人にそう言った。が、一つだけやれることがある。もっともそれは相手の出方次第ではあるが――。

与市は往来から、猫道に折れた。次の大路に出るまでの半ばあたりで、ふいに足を止め、振り返らぬまま呼び掛けた。

「いるだろう？」

め組の詰所に銀治を送り届けたあたりから気配を感じた。己の家に入ったことで尾行を諦めた訳ではなく、め組の詰所で銀治の帰りを待っていたらしい。こちらが声を掛けたことで、闇の中に漂う物々しい気配は色濃くなっている。少なくとも数は三、四人。

「来ねえなら、行っちまうぜ」

再び誘ったが、警戒しているのか一向に近付いて来ない。

「しゃあねえな」

与市は項《うなじ》を掻いて零した。次の瞬間、身を翻《ひるがえ》して駆け出している。複数の跫《あし》

音《おと》の他に、

――げっ。

という吃驚《きつきよう》の声を聞いた。

先ほどの往来に飛び出して左右を見渡す。右に二人、左に三人、蜘蛛《くも》の子を散らすように逃げている。どちらを追うかと一瞬思案《しあん》したが、その必要はないことに気が付いた。

男が一人、壁にもたれるようにして立っている。五尺九寸（約一七八センチメートル）はあろうかという長身で痩《や》せぎす。薄《う》っすらとした月明かりだが相貌もはきと見えた。切れ長の目、高い鼻梁《びりよう》と美男の要素を持っているが、口が人並み外れて大きいせいで収まりが悪い。歳の頃は三十前後。腰に長刀一本を差し込んでいる。

「どうも」

与市はふわりと言ったが、男は何も答えない。

「あいつらのお仲間だということでいいか？」

「まあ、そうなるな」

男はようやく答えたが、やはり背を壁に預けたままである。

「何で尾ける」

「知らないな」

「惚《とぼ》けるのかい？」

「嘘《うそ》じゃあない」

「なるほど……何となく読めた」

どうも嘘を吐《つ》いているようには思えない。仲間ではあるが、尾行の理由は知らないとなれば、金で雇われた用心棒というところか。食い詰め浪人だろう。

これで一つ判ったことは、尾けていた者たちは単独ではなく集団。そして用心棒を雇うなどは堅気《かたぎ》とは思えないし、それが出来るほど金回りが良い。

「義理堅いじゃねえか」

依頼人が逃げ去っているのだから、男も逃げれば良いのにそうしなかったからである。

「仕事だからな」

「やるかい？」

与市は低く訊いた。

「あんた次第さ」

男は何かあった時、依頼人を守るのが仕事ということ。こうして時を稼いだことで、すでに役目は果たしたということだろう。その上で、逃げないのは腕に自信がある証左と見てよい。

「あんたは何も知らないんだろう。仮に嘘だとしても、頼んだ者を裏切るような男とも思えねえから……無駄か」

「ありがたい」

男は頓着《とんちゃく》なく言った。無用な戦いは避ける。手強《てごわ》い者こそその傾向が強いと与市は知っている。やはりかなり面倒な相手らしい。

「だが追うぜ？」

「好きにすればいいさ。その代わり頼まれたら……」

「斬るっていうんだろう」

「物分かりがよくて助かる」

寒風が吹き抜ける中、男はふっと息を漏らし、

「気が変わらぬうちに行くとする」

と、言い残して歩み出した。背後に気を配ることを忘れず、その足取りに隙は微塵も無い。

存外《ぞんがい》、厄介な事件らしい。与市は闇に溶け込んでゆく男の背を見つめながら、項を掻き毟《むし》って大きな溜息を零した。

八

五日後、め組の詰所に三人は集まった。まず与市は、

「実はな」

と、あの日にあったことを告げた。燐丞は己の大胆さに舌を巻き、銀治は眉を垂らして何度も詫びた。

「乗りかかった船だ。気にしなくていい」

与市はひらりと手を舞わせた。

「となると、下手人は大掛かりな連中のようですね」

燐丞は深刻そうに零した。

「そうだろうな。で、そっちはどうだ？」

与市が尋ねると、銀治が訥々《とつとつ》と話し始めた。

「五人中、四人まで身元が割れました」

まず一人目は銀治も顔見知りで、腹に子を宿していた女、希恵だった。二人目は町人らしき男、燐丞が左足を折った痕があると見抜いた。これは神田三島町《みしまちょう》で「半吉《はんきち》」と謂う小さな呉服屋を営《いとな》んでいた吉蔵《きちぞう》であるらしい。吉蔵が足を引きずって歩いていたこと、七日前から帰っていないことでそれと判った。

「あの呉服屋か……知っているぞ」

仁正寺藩上屋敷からほど近いため、与市は記憶にあった。

「あまり繁盛している様子はなかったな」

与市が続けると、銀治はこくりと頷いた。

「ええ。かなりの借金があったようで、昨年に妻と子にも逃げられています」

銀治はさらに身元について語る。三人目に知れたのは女。芝《しば》の料理宿で奉公していた都万《つま》と謂う。これは両親が奉行所に届け出ていた。半年ほど前、仕事の帰りに男たちに襲われて嬲《なぶ》り者にされた。以降、気鬱《きうつ》になりがちで、幾度となく自死を図ったと両親が語ったという。

「あの首の痕はそれですか……」

燐丞は細い溜息を吐いた。

「はい。半月ほど前に首を括ったところ、父親が見つけて止めたそうです」

発見が早く、何とか息を吹き返したものの、都万の首には痛々しい痣《あざ》が残ったという。銀治は言葉を継いだ。

「そして武士らしき男です」

「身元が知れたか」

与市は身を乗り出す。この男だけが火で死んでいないと燐丞が見抜いた。事件の大きな鍵を握っているのはこの男になるという直感があった。

「佐貫《さぬき》藩一万六千石、阿部《あべ》家家中、安西孫兵衛《あんざいまごべえ》と謂う者のようです」

「佐貫……何かそんなところもあるな」

与市は呟《つぶや》いた。申し訳ないが、正直なところその程度の記憶しか残っていない。己の仁正寺藩同様、言っては悪いが地味な藩なのだろう。

奉行所の与力のところに、佐貫藩の用人が密かに出向いて、安西を捜してくれるよう頼んできたのだという。

「当主の阿部駿河守《するがのかみ》様は足に激しい痛みを持ち病弱。齢二十九ですが、未だに子はいないようです」

「きな臭いな」

「はい。正直、駿河守様の病は芳《かんば》しくない。家中は誰を世継ぎにするかで激しく揉めています。その一手の急先鋒こそ……」

「その安西孫兵衛か」

「はい。火事の三日前から屋敷に戻っていないとのこと。身丈、骨格、身に着けていた根付《ねつけ》などから、ほぼ間違いないようです」

銀治は重々しく語った。五人目は一向《いっこう》に身元が分からない。燐丞は無宿者ではないかと言っていたので、そうだとすれば判らないのも無理はないだろう。

「一つ、私も話が」

燐丞が軽く手を挙げて続けた。

「その都万という女。自死を図ったのではないかと薄々感じていました。そこでふと思い出したことがあるのです」

燐丞が診ていた富商の隠居のことだった。その者の病《やまい》は躰の節々《ふしぶし》が曲がってしまうというもの。病に冒《おか》されて長いため、すでに歩くことも儘《まま》ならず、燐丞が通いで診察していた。

この病、不治である。悪くなれば節々だけでなく、臓腑《ぞうふ》まで激しく痛み、目も見えなくなってしまう。すでに隠居はほとんど光を失っており、腹が捩《よじ》れるほどの痛みに耐えなければならず、

――いっそ殺して下さい。

と、何度も懇願されていたらしい。燐丞は葛藤《かっとう》した。正直、病が治る見込みはない。ならばいっそ安らかに眠らせてやったほうがよいのではないか。だがもしかしたら、この病が治る薬が見つかるかもしれない。希《のぞみ》は薄いが、その希を信じ求めてこそ医者ではないか。

思い悩んだものの、やはり燐丞は命を奪うなどは出来ず、隠居を励まし続けていたのである。

その隠居がしばらく経って、

――先生の手を煩《わずら》わすことなく逝けるかもしれません。

と、か細い声で言った。

自ら命を絶とうとしているのだと解った。だが燐丞は狼狽《うろた》えなかったのは、隠居は手が動かないので一人では服毒すら出来ないからだった。だが隠居は微《かす》かに口元を綻《ほころ》ばせ、

「手伝って貰えるかもしれない……そう言ったのです」

燐丞はその時のことを思い出しながら告げた。

「家族が殺してくれるということか」

与市は眉間に皺を寄せた。

「いえ、狸屋《たぬきや》をご存じでしょう」

「あっ……」

与市と銀治の声が重なった。

近頃、江戸では自死が流行《はや》っている。その数は十年前の倍を超えるとも言われている。飢饉《ききん》に苦しんで江戸に出て来たものの、働き口がなくまた苦しむ。あるいは火事で焼け出されたり、詐欺が横行していたり、人が増えれば増えるほど、絶望の数も増えるのだ。故に命を投げ出す者も増加の一途を辿っているのだろう。

だが数倍、あるいは数十倍、思い止《とど》まっている者はいると推測出来る。今一度、人生に希望を見出すこともあれば、直前で恐ろしくなった者も多いだろう。

だが昨年の暮れ、とある「店」が出来て江戸を賑わした。この店、何と、

——死を売っている。

のである。そう聞けば、真っ先に殺しを思うだろうが違う。この狸屋は、自ら死を願う者を大々的に集めたのだ。そして五人から十人ほど集まっては共に死ぬという変事が立て続けに起きた。一人ならば恐ろしくとも、皆と一緒ならば最後

の線を踏み越えてしまえる人は一定数いるらしい。

このような店があることは、連日、読売でも報じられて話題となった。大半の人は非難したが、ごく一部に、

——死にたいならば好きにしたらよい。

だとか、

——病の苦しさを知らぬから言える。

などという意見があったのも事実である。

自死を煽《あお》っていながら、幕府は何も手をこまねいていた。この狸屋はあくまで、絶望の淵《ふち》にいる人々を慕っているだけ。むしろ互いに励まし合って、今一度生きる希望を見出して欲しいのだと嘯《うそぶ》いた。実際に手を下すことはおろか、自死を仄《ほの》めかすことすらしていないという。

「三両だったか」

与市は胸糞《むなくそ》悪くなって吐き捨てた。

この狸屋は店を訪れた者から三両を取っている。これは中間《ちゅうげん》が一年に得られる報酬とほぼ同じ。庶民にとっては大金である。

春になって幕府が動いた。いや、厳密には老中《ろうじゅう》田沼意次《たぬまおきつぐ》が動いたのである。

——江戸の風紀をひたすらに乱す行いである。

として、奉行所に指示を下した。

即日、奉行所の手の者たちが狸屋に踏み込んで全員を捕《とら》えた。だが店にいた者は高額の俸給《ほうきゅう》で集められただけだったらしい。店の主と思しき四十路《よそじ》の男。時折店に顔を出していたが、春先からは姿を見せていないという。

こうして狸屋事件は一応幕を下ろした。燐丞が診ていた隠居は家族に看取られて逝《い》った。だが首謀者は未だ捕まっておらず、今も数人連れ立っての心中があることから、地に潜《もぐ》って同様のことを続けているのではと噂《うわさ》になっていた。

「何で気付かなかったのか」

銀治は後悔の念を口にした。

「今まで火を使った手口はなかったはずだ。気付かずとも仕方がねぇ」

与市は慰めつつ、しみじみとした口調で続けた。

「それに狸屋事件の後、すぐに伊神甚兵衛事件だ。庶民の関心はすぐに移ろうものさ」

「どうでしょうか」

燐丞が窺《うかが》うのに、与市は頷いた。

「あり得る。つまりこういうことだな」

狸屋は幕府によって潰されたが、闇に紛《まぎ》れて今も商いを続けている。佐貫藩の誰かが、対立する派閥の安西を殺したが、その骸の始末をどうにかせねばならない。そこで狸屋の主に相談し、自死する集まりの中に安西の骸を混ぜたという筋である。

「あと二つ、お伝えせねばならぬことが」

銀治は頬を強張らせて言葉を継いだ。

「まず安西孫兵衛は居合いの遣い手であったらしいのです。つまりそれを殺めたとなると、下手人はかなりの達人ということに」

「心当たりがある」

五日前、後を尾けていたあの浪人風の男である。身のこなしからかなりの遣い手であることは明らかであった。

「もう一つは……安西と同じ派閥の依田六輔《よだろくすけ》という方が、昨日から姿を消しているらしいのです」

依田もまた、安西と同じく急先鋒の一人であったという。命の危険を感じて身を隠したか、あるいは、

「もう殺《や》られたか……だな」

「はい」

「やると思うか？」

与市は二人を交互に見た。

「川に沈めても浮かんでしまうことありますからね。上屋敷はもちろん、骸を担いで行ってどこかに埋める訳にもいかないでしょうし」

と、銀治が言った。

「仮に身元が割れても証《あかし》が残りにくいのもよいと思っているのでしょう」

燐丞は忌々《いまいま》しそうに舌を打った。

「じゃあ、そこを押さえるぞ」

また下手人は自死する者たちの中に依田の骸を混ぜようとする。三人共にそう見た。その現場を押さえれば、一網打尽《いちもうだじん》に出来るかもしれない。

「しかし、いつその火事が起きるか分かるでしょうか」

銀治は訝《いぶか》しそうに訊いた。江戸では毎日何処《どこ》かで火事が起こる。どれがその火事か判別することは出来ない。

「簡単だ。全てに出る」

「それだと管轄を跨《また》ぐことになるのでは……」

「伊神甚兵衛のことがあったばかり。ましてや俺だぜ？」

「あっ――」

銀治と燐丞は顔を見合わせた。与市は不敵に笑いながら言い放った。

「ああ、大物喰《おおものぐ》いだ」

伝説の火消である伊神甚兵衛は、かつて尾張《おわり》藩の名声を高めるため、他の火消の管轄の火事にも駆け付け、消口《けしぐち》を横取りするということを繰り返した。

与市もまた番付を上げねば費えを減らし、配下の鳶を馘《くび》にすると上役に言われ、これを模倣《もほう》したことがある。今一度、これをやる。しかも今度は仁正寺藩だけでなく、め組、け組も共に。すでに依田が殺されているとすれば、一刻も早く骸を消したいと思っているはずで、数日のうちに事を起こすに違いなかった。

九

三人が打ち合わせした翌日の巳《み》の刻（午前十時頃）、小石川春日町《こいしかわかすがまち》で出火した。与市らが配下に大まかな事情を話し、三交代で常に待機すると宣言した矢先のことだった。火事場には大名火消が一家、町火消六番組の「な組」が出動している。

「行くぞ！」

仁正寺藩火消は駆け出す。非番の者も後に遅れて来るだろう。そしてそのまま火事場に駆け込むと、

「助太刀《すけだち》致す」

と、告げて展開する。実際、大物喰いとはいったものの、別に一番手柄を取るためではない。協力を受け入れられれば良いのだ。

「何故《なにゆえ》、仁正寺藩が……ありゃあ、け組か？　め組まで！」

と、皆が驚いてはいたものの、人手不足だったこともあり、むしろ火事場は歓喜に沸《わ》いた。

「西側は俺たちに任せろ！」

三組連合は躍動して劣勢《れっせい》を一気に覆《くつがえ》し、到着から一刻（約二時間）後には鎮火した。この時は火鉢で子どもが紙を燃やし、屏風《びょうぶ》に火が移ったことによる出火であった。

さらに二日目の夜、永峯町《ながみねちょう》より火が出た。め組が真っ先に到着し、管轄の三

番組「て組」の頭、その他の大名火消に話を付けた。け組、そして仁正寺藩火消が駆け付けた時には、すでに受け入れる体制が出来ており、ここでも援軍は喜ばれた。原因は煙草《たばこ》の不始末。

三日目は赤坂表伝馬町《あかさかおもてでんまちょう》。管轄から近い町であるため、一番乗りはけ組。ここを受け持つ五番組の「ま組」とは日頃から消口を争うこともあるため、かなり揉《も》めた。

「此度《こたび》はどうしても加わりたいのです」

と、燐丞が何度も訴えて、一触即発《いっしょくそくはつ》のところに与市らは到着した。

「燐丞！　仕方ねえ！」

駆け付けた与市が馬上から呼び掛けると、燐丞は細く溜息を零して、

「押し通ります」

と、一斉に火事場に踏み込む。

「ど、どういうつもりだ⁉」

ま組の連中が仰天する中、与市は馬を乗り入れつつ高らかに吼《ほ》えた。

「また⁉」

ま組の火消たちが口々に言う。昨年、与市が江戸中の火消に大物喰いを仕掛け

た時、この管轄に踏み込んだことがあった。散々《さんざん》に蹴散《けち》らされた記憶が蘇《よみがえ》ったのか、ま組の頭はここで呆気《あっけ》なく態度を変えた。結果、半日は掛かろうかという火事を、一刻半（約三時間）で鎮《しず》めることが出来た。ここの原因は料理屋が使っていた油が溢《こぼ》れ、竈《かまど》の火が移ったというものであった。

四日目の夜半、麴町《こうじまち》で火の手が上がった。

「仁正寺藩が何用だ？」

消口を取っていたのは、麴町定火消。頭取の「唐笠童子《からかさどうじ》」日名塚要人《ひなづかかなめ》は吐き捨てた。

「大物喰いだ」

与市はからりと笑って配下を展開させた。

「馬鹿は、ぼろ鳶だけにしろ」

要人は冷笑を浴びせたが、仁正寺藩の他に、め組、け組も駆け付けたところで、何かあると感じたらしい。察しの良い男である。

「目的は手柄ではなく、火事そのものか」

と、気付いたらしい。

「ああ。頼む」

「共に消すならばよかろう」

と意外にも素直に消口の一部を空け、共闘の意思を示してくれた。ただし要人の指示に従うという条件付きで。麴町定火消に三組が加わったことで、炎はあっという間に刈り取られていく。これは何と到着から半刻で鎮火。原因は行燈《あんどん》を倒したことによる出火であった。

そして五日目も夜半、子《ね》の刻である。場所は船松町《ふなまつちょう》と聞いた時、

――来た。

と、与市は直感した。火元は空き家との報だった。管轄は「す組」。め組が近い。め組は普段から、す組とも上手くやっており、援軍はすんなりと受け入れられた。与市が到着した時、め組、け組の火消も到着して共に消火に当たっていた。

火の回りが鈍《にぶ》い。す組よりも早く、め組が現場に到着して水を浴びせ出したというから、そのためであろう。火消は初動で大きな差が出るのだ。

「柊様！　間違いありません！」

銀治は叫んだ。何でも土壇場《どたんば》で怖くなった者が一人逃げ出したらしい。戸を開けてすぐの土間に倒れていたため、すでに空き家の外に運び出されて意識もはっ

きりしているという。その者の話に拠《よ》ると、六人で死のうと集まったらしい。

「依田の骸は」

「見ていないということです」

「そうか」

その点だけ、おかしいと思っていた。たとえ死のうとする者でも、入った空き家に屍があれば驚き、訝しむはずである。

「やはり」

「屋根裏だろうな」

屋根裏に屍を隠す。炎が回って天井が崩れれば、骸が落ちてきて他の者の骸と混じるという訳だ。

「中の者は任せていいか」

まだ生きているかもしれない。それを救い出すのは銀治、燐丞に託した。二人が頷いたところで、与市は静かに宣言した。

「俺たちは屋根から行く」

最優先は命を救うことである。だが、此度《こたび》はそれだけでは真実は明らかにならない。そして屋敷が崩れ落ち、骸が混じってしまえば、仕組んだ者たちを追及しようにも、幾らでも言い逃れ出来てしまう。同じことを繰り返させないためには、屋根裏から骸を見つけなければならない。

与市も火消は長いが、結果的にそうなることはあっても、屍を火事から救い出すのは初めてのこと。

「行け‼」

与市の号令で、一斉に梯子《はしご》が掛けられ、配下の鳶が上った。野次馬は纏《まとい》を掲げるのかと思ったようで歓声を上げたが、様子がおかしいことに一斉に首を捻る。纏は上がらず、皆が鳶口で屋根板を剝《は》がし始めたのだ。何をしているのか判らず、纏はどうしたなどと野次《やじ》を飛ばす者もいた。

――どいつだ。

与市は野次馬を注意深く観察した。必ず一味が混じっているはずだった。最後まで見届けねば不安だからだ。普段の消火と違う、屋根板を剝がすという動きの意図を、その者たちだけはすぐに悟ると読んでいる。

「いた」

与市は駆け出した。野次馬の中、屋根ばかりを見つめ、しかも明らかに動揺している若い商人《あきんど》風の男がいる。挙句《あげく》、わなわなと震え、火事場から離れて走り出したのだ。

「待て！」

与市が呼びかけると、男は振り返って、

「あっ」

と、声を上げてさらに足を速める。もはや間違いはなかった。男はかなりの俊足である。距離はなかなか縮まらない。

男は猫道に飛び込んだ。与市も追う。緩《ゆる》やかに曲がっており、間もなく男が見えなくなるところであった。そこで与市は腰にぶら下げた袋にさっと手を伸ばした。礫《つぶて》である。

与市は足を止めてしかと握りを確かめると、大きく振りかぶって投げた。礫は凄《すさ》まじい勢いで飛んでいく。曲がろうとする男を追うように、礫もまた宙で軌道を変えた。与市は握りを変えることで、礫を曲げることが出来るのだ。

礫は見事にふくらはぎに直撃し、男はもんどり打って倒れた。与市はすでに駆け出しており、男に覆いかぶさるように圧《の》しかかる。そして腕をあっという間に捻《ひね》り上げた。

「何故、逃げた」

「こ、怖くなって……」

「てめえ、狸屋のもんか」

「あっ……」

「隠しても調べはつく。火盗改に引き渡すから——」

言い掛けた時、与市は背後に気配を感じて振り返った。

「出たな」

あの浪人風である。細い猫道を、ひたひたとこちらに向かってくる。

「放してやってくれないか」

与市は捕縄術《とりなわ》も使う。男の脚を用意していた縄で瞬《また》く間に縛り上げ、さらに念のために脾腹《ひばら》に当て身を入れて気絶させた。

「出来ねえ相談だ」

「こっちも仕事だ」

「止めちまえ。そんな仕事」

「仕方あるまい」

男は苦笑した。きっとこの男も江戸に絶望し、それでも生き抜こうとしているのではないか。そのようなことが頭を過り、与市は思わず訊いてしまった。

「名は」

「……岡田参二郎《おかださんじろう》とでもしておくか」

互いの距離はすでに五間（約九メートル）を切っている。

「本名なのか」

「どうだかな」

三間、与市は静かに言った。

「柊与市だ」

次の瞬間、白刃が交《まじ》わって甲高《かんだか》い音が鳴る。続けて繰り出された岡田の打ち込みを与市が捌《さば》く。与市の胴払いも岡田は弾《はじ》いた。互角である。もはや言葉は無い。一瞬の油断が生死を分ける。

狭い小路《こうじ》での攻防である。六合目、岡田は剣を小さく旋回させた。与市の刀が巻き上げられて宙を舞う。剣では相手が上回っている。その瞬間、与市の脳裏に弟、妹の顔が次々に浮かんだ。走馬灯《そうまとう》ではない。いつものことである。

与市は自ら倒れ込んで岡田の太刀を鼻先で躱《かわ》し、蹴りを続け様に三発見舞う。空転《くうてん》蹴り、地斜《じしゃ》蹴り、忍手浴《にんしゅあ》びせ蹴りという、他流では滅多《めった》に見ない、体勢を崩したところから放つ技である。よろめく岡田に対し、尻をついたまま懐《ふところ》から出した銑鋧《せんけん》を放つ。同時に三本。その全てが岡田の右腕に突き刺さった。

「ぐっ」

一瞬、岡田が俯《うつむ》く。顔を上げた岡田は何を見たか。きっと宙から降り注ぐ己の踵《かかと》だろう。与市の回し蹴りは脳天に直撃した。与市は遂《つい》に倒れた岡田の腕を手押さえ、そこから足で首を絞め、手を離して縄を掛ける。

朦朧《もうろう》としていた岡田だったが、すぐに目を覚ました。

「負けた……か。剣で負けたならば仕方がない……」

「守るべきもんの差だ」

「だろうな」

岡田は苦い笑いを零す。

同情は出来ない。だがこの男の人生の虚無《きょむ》が滲《にじ》み、肌を伝わってくるように思え、与市は細い溜息を零した。

与市は追い掛けてきた配下に火事場見廻を呼ぶように命じた。そして事情を口早に伝え、捕えた二人の男を引き渡すと、火事場に戻った。

火勢はさほど強くない。火消たちの奮戦が窺えた。

「柊様！」

銀治が近付いて来る。

「上手くいった」

「こちらも。ただ一人が煙を吸い過ぎて意識がありません」

まだ残っていた五人は全て、め組が救い出した。怖くなって油を用いず、行燈を部屋の隅に倒したのが幸いしたらしい。そのほうがより長く苦しむなどということは、判断も付かない状態だったらしい。若い女が一人、意識を失ったままで息も細いという。

「燐丞さんが」

燐丞がその者について手当てをしている。顎を持ち上げて気の道を確保し、口で直《じか》に息を送り込んでいた。

「大丈夫、目を覚まして下さい」

燐丞は何度も、何度も、呼びかけながら息を送る。そして遂に咳《せ》き込むようにして女が目を覚ました。

「ここは……何で……何で助けたの」

悲痛に言う女に対し、燐丞は真に哀《かな》しそうな顔になる。

「恨《うら》んでもいい。それでも何度でも助けます。私は医者だから……火消だから」

わんわんと泣く女を配下に託し、燐丞もまたこちらへやってきた。

「もう心配ありません」

儚《はかな》い笑みを見せる燐丞の肩を、与市は軽く叩いた。

「やるか」

武士も町人も無い。ただ三人の火消である。黄金の世代の少し下、いつも勝手に比べられ、華がないなどと言われることもある。しかし、そのようなことはどうでもよい。それぞれに火消の矜持《きょうじ》がある。

「め組、最後まで油断せずにゆくぞ」

銀治の号令は四角四面のよく聞く文言《もんごん》。それでも銀治の日々の積み重ねを知っているからこそ、め組の者たちは心を昂《たかぶ》らせる。

「け組。このまま一気に押します。危うい時は無理せず退《ひ》くように」

と、燐丞の言葉もまた面白味はない。だが、命を気遣う言葉を添えるのは、やはりその重さを誰よりも知っているからだろう。

与市は配下をぐるりと見渡した。これまで幾多《いくた》の苦難を乗り越え、共に生きて来た者たちである。最後まで江戸の町を心配しながら、逝った祖父古仙のことが思い出された。与市が火事場に出た後、

——まあ……あの孫がいれば心配はないか。

と、囁くように言って、そっと目を瞑《つむ》ったらしい。それが古仙最後の言葉だったという。

「任せとけ」

与市は天を仰《あお》いで呟くと、皆に向けて大音声で言い放った。

「仁正寺藩火消、最後までやり通すぞ。大物喰いだ！」

喊声《かんせい》と共に火消たちが炎に止めを刺さんと群《むら》がる。慄《おのの》くように揺らめく炎に向け、与市は鳶口を手に立ち向かっていった。

十

子の刻に出火した舟松町の火事を完全に消し止めたのは、すっかりあたりも明るくなった卯《う》の下刻（午前六時二十分頃）のことであった。

冬の乾きに加え、北からの風もあって類焼は免《まぬが》れず、火元の他に二軒が全焼、六軒が半焼する事態となった。しかし、仁正寺藩火消、め組、け組の三組の奮戦があったがために、まだこれだけで済んだと言えた。管轄の火消たちは揃って、

――あいつらがいなければ、町は火の海になっていた。

と、口にした。朝方から風の強さが増していたこともあり、最悪の場合は江戸中に広がる大火になっていたかもしれない。

そして仁正寺藩火消は、火元が焼け落ちるより早く屋根を剝がし終えた。そこにあったのはやはり、息を塞いで殺められたと思しき骸である。佐貫藩に確め、それが行方不明となっていた依田六輔ということが判った。

さらにこの一件には、昨年から話題に上っていた「狸屋」が嚙《か》んでいるのではないかと、与市は火付盗賊改方に告げた。火盗改は拷問も厭《いと》わないことで知られている。与市が倒した浪人、岡田参二郎は全く怯まなかった。先に捕えた男、名は弁助《べんすけ》と謂《い》ったが、こちらは拷問をちらつかせるだけで、ぺらぺらと洗いざらいぶちまけた。

狸屋はやはり潜って商いを続けていた。余程、実入りが良かったということだろう。

そもそもこの狸屋とは何だったのかということも、弁助の証言によって判ってきた。狸屋に関わっていたのは、各地から江戸に出てきて食い詰めた無宿者たちだという。それを利用して金稼ぎを試みた黒幕は、熊吉《くまきち》と謂う深川《ふかがわ》の香具師《やし》の元《もと》締《じめ》だった。

深川はまだまだ新しい地である。新興の勢力が現れては、争いの中で消えていく。熊吉もその一人で、他の元締から頭一つ抜けるため、このような凌《しの》ぎを思い付いたのだろう。

厳しい追及に熊吉は知らぬ存ぜぬを貫き通した。弁助は自らの罪が軽くしようと、

「間違いなく、俺は熊吉の子分だ！」

と熱弁を振るった。しかし実のところ、弁助は一年少し前に子分になったばかりで、熊吉の塒《やさ》に入ったこともなかったらしい。

さらに弁助は古参の子分らしき者から指示を受けており、その場所は決まって人目に付かぬあばら家。故に目撃した者は誰一人いなかった。熊吉はそう長くは続かない商いだと読んで、周到に逃げる準備をしていたことになる。

なかなか埒《らち》が明かず、このまま逃げ切られるかと思われた矢先、熊吉は死んだ。小伝馬町の牢屋内で腹部の痛みを訴え、そのまま苦しみながら息を引き取ったのである。

対立する元締などが仕掛けたのか、それとも口を封じたい誰かがいたのかもし

れない。だが、その死は病死として処理された。

佐貫藩の関わりも判明した。岡田参二郎は元々佐貫藩剣術指南役の息子で、沖《おき》本《もと》参二郎と謂うらしい。叔父が諍《いさか》いから殺され、父は幼い参二郎を連れて仇討《かたきう》ちに出た。だが一向《いっこう》に仇は見つからず、江戸で流行《はや》り病《やまい》にかかり命を落とした。父より、

――もし俺が死んだら、お前が仇討ちをするのだ。

と、参二郎は剣を教えられて育ったという。しかし、父が死んでからというもの、仇討ちに動くことはなかった。顔も良く覚えていない叔父のために、生きているかもわからない仇を追うのが馬鹿々々しく思えたからだという。

そこに佐貫藩の者が目を付けた。仇討ちは出来ぬとも、三人ほど始末してくれれば、家の再興を果たすと約束したというのだ。当初は乗り気ではなかった参二郎だが、死の間際まで家名を復すことを願った父の姿を思い出し、遂には乗ったという次第らしい。

参二郎に目を付けた連中は、骸の始末を熊吉に相談し、この手口を提案された。参二郎は狸屋の援助をするように命じられたが、そう言った意味では関係は薄かったことになる。

狸屋に頼んだ佐貫藩士は、事件発覚の夜に切腹して果てた。これにより、佐貫藩は何とか改易《かいえき》を免れたものの、跡目決定には幕府の介入が約束させられる事態となった。


目まぐるしく事態が収束していく中、与市の家に、銀治、燐丞が集まったのは、暮れも押し迫る師走二十八日のことであった。今回の事件によって三人の絆《きずな》が深いものとなった。慰労《いろう》をかねて一席を設けることとなったのだ。

「ご馳走《ちそう》を用意して頂きありがとうございます」

膳に並んだ様々な酒肴《しゅこう》を見て、銀治は菊に頭を下げた。

「いいえ、いつものことですから」

「見栄《みえ》を張りやがって。魚なんて月に一度出るかどうかだろう」

与市は白い歯を覗《のぞ》かせた。

「今日はお二人を労《ねぎら》うためですから」

「かえって気を遣わせてしまって申し訳ありません」

燐丞まで謝るものだから、菊はじろっと与市を睨む。

「兄上は余計なことを言わないで下さい」

ごうとする。

与市は片手で拝みつつ、残る手で猪口《ちょこ》を摑《つか》んだ。するとすかさず銀治が酒を注《つ》

「悪い、悪い」

「すまないな」

「いいえ」

「お互い。手酌《てじゃく》でやろう」

「では、次からは」

銀治は微笑みながら頷いた。

「まあ、一件落着ってことだな」

「お聞きになりましたか」

燐丞が盃を置いて小声で言った。

「ああ、決まったらしいな」

与市は苦く頰を歪めて頷いた。

狸屋に頼んで、共に自死を図った者たちの裁定が本日出た。異例の早さである

のは、この忌《い》まわしき事件を翌年まで持ち越したくない。自死を図ろうとする者

を少しでも減らしたいという幕府の意図が透《す》けて見える。かなり特異な事件だけ

に、奉行所としても難しい裁定を迫られたであろう。

自死を図った者のうち五人は遠島、怖気《おじけ》づいて逃げた一人が江戸所払《ところばら》いと決まったらしい。死を選ぶほど苦しんだそれぞれの事情が酌《く》まれたという訳である。

「仕方ありませんね……」

燐丞は目を伏せて零した。彼らは死を望んでいた。それを救い出し、より辛い道を歩ませる結果となってしまった。火消だけでなく、医者という顔も持ち合わせる燐丞としては、己の行いが正しかったのかという迷いが強いのだろう。

「間違っていないと思います」

銀治は毅然《きぜん》と言った。

「俺も同じだ。案外、これで瘧《おこり》が落ちて生きようとするかもしれねえ」

与市も続けた。無責任かもしれないが、ここからは当人たちが考えるべきである。その機会を作った。己たちはそう思うしかない。

「そうですね。ありがとうございます」

話が途切れたところで、岐三太が脇にあった一枚の紙を掲げた。

「これ、見ましたか?」

　ずっと二人が来たら見せたいと言っており、難しい話をしているため我慢していたが、先刻よりうずうずしているのが判っていた。岐三太が手に持つのは読売である。

「ああ、これも今日出たらしいね。まだ見ていないよ」

　本当はもう見たのかもしれないが、そう答えてやる優しさが燐丞にはある。

「私もまだです」

　銀治も微笑みながら答える。

「兄上がこんなに取り上げられているのは初めて見た」

　彩が悪戯《いたずら》っぽく笑った。

「こら、そんなことないだろう。前も……」

　東次郎が窘《たしな》めようとするが、彩は首を横に振る。

「前は『大物喰い』の時でしょう？　あの時は無茶をしているとか、伊神様の二番煎《せん》じとか、どちらかというと悪いことのほうが多かったもの」

「まあ……そうだな」

　東次郎は反論を封じられ、魚に箸を伸ばして誤魔化す。

「見せてくれますか？」

燐丞は丁寧に言い、岐三太は嬉々《きき》として読売を持って来る。燐丞、銀治が頭を突き合わせて読む。与市はすでに先ほど目を通した。読売の書き手は、あの文五郎である。

「かなり褒《ほ》められていますね」

燐丞は口元を綻ばせた。

「私はこんなに大きく取り上げられたのは初めてです。載ってもいつも隅のほうに小さく……」

銀治は眉を開いて驚き、書かれた文言の一つを指差した。

「これは……何と読むのでしょうね？」

「銀波《ぎんぱ》。月光などで輝く水面……と、いうような意味ですね」

「そうそう」

与市は言ったが、すかさず彩が、

「兄上も読めなくて、東次郎兄さんに聞いたくせに」

「まあな」

与市は苦笑して答えた。

「銀波の世代……ですか」

銀治が噛みしめるように言った。己たちの世代を、文五郎はそう評したのである。僭越《せんえつ》ながらと断りを入れて、語り始めたのは東次郎である。

「黄金の世代との対比でしょうね。そして銀治さんの『銀蛍』の異名も少なからず、名付けに影響を与えたものと」

「私ですか？」

銀治は吃驚して自らの鼻を指差す。

「ええ。あと照らす光という点では、燐丞さんの『白毫』もまた含まれているのでしょう」

「嬉しいですね」

燐丞は素直に口元を緩めた。

「そして波は……」

「俺だな」

「ええ。兄上の二つ名、『凪海』から。と、いったところでしょうね」

「黄金の世代に比べて、ちょっと渋いが……」

与市が片笑むと、銀治は再び読売に視線を戻す。

「ええ。そんなものです。比べればやはり地味ですから」

「大層過ぎるくらいです」

燐丞はやはり笑みを絶やさずに頷いた。

「俺たちらしいかもな」

与市が答えた時、末妹の晴が近付いて来て、

「何て書いてあるのですか。兄上、読んで下さい」

と、ねだった。今日、岐三太と彩で盛り上がっていた時、晴はお使いに出ていて知らなかったのである。仲間外れの気分らしく、可愛らしく頬を膨《ふく》らませている。与市は白い歯を覗かせて、銀治、燐丞と共に顔を向き合わせた。


――師走十四日、子の刻に船松町より出火。昨年より市中を賑わす狸屋の仕業に候《そうろう》。折しも風強く、あわや大火ならんというところ、大物喰を称し、仁正寺藩火消、町火消め組、け組が推参。三組の奮闘により大火を免れる。それに留まらず狸屋の悪行を暴きしも、この三組也《なり》。

三組の頭、柊与市、銀治、燐丞、共に黄金の世代よりも少し若き者たち也。此《こ》れ迄《まで》黄金の光陰にありて、目立つこと少なけれども、その心、その技、その

躰、全く以《もつ》て劣《おと》らず。

まさしく銀波の世代といえり。江戸火消に隙間なく、ますます天晴《あつぱれ》也――。

（この作品は、『小説ＮＯＮ』（小社刊）二〇二二年一月号から四月号に掲載され、著者が刊行に際し加筆・修正したものです）

一〇〇字書評

恋大蛇

切り取り線

購買動機（新聞、雑誌名を記入するか、あるいは○をつけてください）	
□（　　　　　　　　　）の広告を見て	
□（　　　　　　　　　）の書評を見て	
□ 知人のすすめで	□ タイトルに惹かれて
□ カバーが良かったから	□ 内容が面白そうだから
□ 好きな作家だから	□ 好きな分野の本だから

・最近、最も感銘を受けた作品名をお書き下さい

・あなたのお好きな作家名をお書き下さい

・その他、ご要望がありましたらお書き下さい

住所	〒				
氏名		職業		年齢	
Eメール	※携帯には配信できません		新刊情報等のメール配信を 希望する・しない		

この本の感想を、編集部までお寄せいただけたらありがたく存じます。今後の企画の参考にさせていただきます。Eメールでも結構です。

いただいた「一〇〇字書評」は、新聞・雑誌等に紹介させていただくことがあります。その場合はお礼として特製図書カードを差し上げます。

前ページの原稿用紙に書評をお書きの上、切り取り、左記までお送り下さい。宛先の住所は不要です。

なお、ご記入いただいたお名前、ご住所等は、書評紹介の事前了解、謝礼のお届けのためだけに利用し、そのほかの目的のために利用することはありません。

〒一〇一－八七〇一
祥伝社文庫編集長　清水寿明
電話　〇三（三二六五）二〇八〇

祥伝社ホームページの「ブックレビュー」からも、書き込めます。
www.shodensha.co.jp/bookreview

祥伝社文庫

恋大蛇《こいおろち》　羽州《うしゅう》ぼろ鳶組《とびぐみ》　幕間《まくあい》

令和 4 年 3 月 25 日　初版第 1 刷発行

著　者　今村翔吾《いまむらしょうご》
発行者　辻　浩明
発行所　祥伝社《しょうでんしゃ》
東京都千代田区神田神保町 3-3
〒101-8701
電話　03（3265）2081（販売部）
電話　03（3265）2080（編集部）
電話　03（3265）3622（業務部）
www.shodensha.co.jp

印刷所　堀内印刷
製本所　ナショナル製本
カバーフォーマットデザイン　中原達治

 ISBN978-4-396-34799-4 C0193

祥伝社文庫の好評既刊

岩室　忍　信長の軍師　巻の一　立志編

誰が信長をつくったのか。信長とは、いったい何者なのか。歴史の見方が変わる衝撃の書、全四巻で登場！

岩室　忍　信長の軍師　巻の二　風雲編

吉法師は元服して織田三郎信長となる。さらに斎藤利政の娘帰蝶を正室に迎え、尾張統一の足場を固めていく……。

岩室　忍　信長の軍師　巻の三　怒濤編

今川義元を破り上洛の機会を得た信長。だが、足利義昭、朝廷との微妙な均衡に信長は最大の失敗を犯してしまう…。

岩室　忍　信長の軍師　巻の四　大悟編

武田討伐を断行した信長に新たな遺恨が……。志半ばで本能寺に散った信長が、戦国の世に描いた未来地図とは？

岩室　忍　天狼　明智光秀　信長の軍師外伝㊤

光秀と信長、同床異夢のふたりを分けた天の采配《さいはい》とは？　その心には狼が眠っている――明智光秀衝撃の生涯！

岩室　忍　天狼　明智光秀　信長の軍師外伝㊦

なぜ光秀は信長に弓を引いたのか。臨《りん》済《ざい》宗の思惑と朝廷の真意は？　誤算ある結末に、光秀が託した〈夢〉とは！